零崎人識的人間關係

與匂宮出夢的關係

西尾維新
NISIOISIN

Illustration take

零崎人識的人間關係

與匂宮出夢的關係

Illustration take

Cover Design Veia

第零章　「開場」……007
第一章　「(略)」……015
第二章　「(略)」……045
第三章　「(略)」……067
第四章　「(略)」……089
第五章　「(略)」……113
第六章　「(略)」……153
第七章　「(略)」……171
最終章　「結局」……215

登場人物簡介

零崎人識（ZEROSAKI HITOSHIKI）——殺人鬼。

匂宮出夢（NIOUNOYAMI IZUMU）——殺手。

西条玉藻（SAIJYOU TAMAMO）——狂戰士。

萩原子荻（HAGIHARA SHIOGI）——軍師。

市井遊馬（SHISEI YUMA）——病蜘蛛。

直木飛緣魔（NAOKI HIENMA）——直木三劍客。

直木泥田坊（NAOKI DOROTABOU）——直木三劍客。

直木煙煙羅（NAOKI ENENRA）——直木三劍客。

玖渚直（KUNAGISA NAO）——目標。

「這句話的意思已經很明確了。」雷恩繼續說。「我是一個素養極高的人，具有理解力及洞察力，對一切事物觀察入微。專注力驚人，對自己的偵探推理能力十分自信。」

布魯諾咳了兩聲，暫時不讀脣語的雷恩，視線再度停留在他的嘴邊。「不過雷恩先生，非常不巧，這次的案情過於單純，可能無法回應您的期待。就算是真的殺人事件，也極為平凡……」

「或許是我的說明還不夠吧？」老演員以幽默的語氣調侃自己。「你說它是個平凡的案件。但布魯諾先生，能引起我興趣的不只有那些謎題啊！」

「無論平凡與否。」刑警山姆突然打斷了話題。「它確實是個棘手的案件。布魯諾先生，你應該會有興趣才是。對了，看過那篇報導了嗎？」

（THE TRAGEDY OF X by Ellery Queen）

第零章

「開場」

◆　◆

那裡是醫院。

雖說是醫院，健保卡在這裡完全不管用，看診的醫師也沒有半張執照，他們就是所謂的密醫——雖然氣氛和一般醫療場所相差不大，但從這樣的角度看來，稍嫌昏暗了些——是棟見不得光的建築物。

其中的一間房間裡。

石丸小唄，如同其名，說起話來像是在唱歌般美妙。

「『幸福的家庭都是相似的，而不幸的家庭各有各的不幸。』——吾友，妳知道這句話是出自托爾斯泰小說的開頭嗎？」

「啊？」

回話的女人——哀川潤歪著頭，不知該如何面對石丸小唄這突如其來又不知所云的問題。

石丸小唄倚靠著白牆。

哀川潤則是坐在床邊的摺疊椅上。

「妳在說什麼？」

「就說是托爾斯泰了，吾友——妳沒聽過嗎？」

她的口氣慇勤卻無禮。事實上，此時的石丸小唄名氣並不大，但在最強‧哀川潤身邊敢用如此傲慢態度說話的，也只有她了。

當然，哀川潤完全不在意這些。

「不，當然這點知識還是知道的——」

這麼答道。

「——但那又如何？」

「不不，我沒有別的意思，也不是故意挑名作的毛病——不過吾友，我覺得這句話應該反過來才對。」

「反過來？」

「嗯嗯。也就是說，所謂的幸福其實是一個多元且難以定義的意象——然而不幸卻幾乎沒有太大的差別——」

至少我是這麼想的。

石丸小唄看著躺在病床上沉睡的少女——輕聲說著。

病床上的少女。

身穿白色病人服的少女。

毫無生氣，彷彿死去了般的少女——床上的名牌寫著「紫木一姬」四個字，這是她的名字嗎？

不知是受傷還是生病了，但肯定經歷過什麼重大變故，少女身上，作為人類應有的模樣，人類應有的狀態早已摧殘殆盡，彷彿從根部被徹底挖取走——僅遺留一層空殼的感覺，存在感稀薄得可憐。

事實上，哀川潤暫且不論，那名少女雖然有出現在石丸小唄的視線中——她卻像是少女不存在似地繼續說道。

「吾友，人們不是常說，金錢買不到幸福——某種程度上，我認為這個說法是正確的。因為，在擁有了金錢及財富的同時，就已經得到了幸福，根本不容其他的幸福去置換它啊！」

「金錢就是幸福？真像是妳會說的話啊，小唄。」

哀川潤笑著，帶有諷刺意味。

「不只是金錢。」

石丸小唄聳了聳肩。

「所謂幸福，只要能讓當事者感到幸福的，那就是幸福——財富、名聲、什麼都無所謂，也就是人生的飽滿。只要能夠填滿，不需要任何理由——反觀不幸，卻大多是相通的。」

「相通？什麼意思啊？」

「人際關係。」

無視哀川潤的插話，石丸小唄簡潔地回答。

慇懃無禮的口氣依舊。

「若無法在人際關係上獲得滿足，人們多半會覺得自己是不幸的——就只是這樣。」

「這說法有問題吧？也有人覺得，即使人際關係失敗但只要有錢就很幸福啊！」

「妳這是幸福那方的意見。事實正好相反，反過來說——貧窮所感到的不幸，人際關係若經營得當，就能填滿一切。反之則不然——富有的幸福是無法與人際關係的不足所帶來的不幸相抵消。吶，吾友，妳和我的立場雖不甚平凡，但在幸福這點，卻和一般人沒有什麼兩樣。即使擁有了幸福，仍然必須與無法抹去的不幸對抗。」

「嗯，然後呢？」

看起來不像是接受了石丸小唄的論調，哀川潤擺弄著她的馬尾，繼續了問下去。

「妳到底想說什麼啊？」

「對我的意見有興趣嗎？」

「別會錯意，我只是覺得妳囉囉嗦嗦一直講很煩人罷了！趕快把結論說一說然後閉嘴！」

「別會錯意嗎——」

石丸小唄故意重複她的話。

「最近『傲嬌』一詞頗受到矚目，吾友，妳覺得呢？若真的被人說了那樣的話，其實還挺受傷的對吧？」

「我並不覺得妳會因此受傷。」

「是啊，吾友，我當然不會因為妳一個人就感到受傷——妳的確是一位無人能及的強者，不過，僅此而已。請妳不要忘記，自己其實一點忙也幫不上。」

石丸小唄持續說著，哀川潤的表情卻沒有改變，反倒和緩地接受了——說真的，敢這樣大言不慚且毫無畏懼的人，就只有她而已吧——

「所以小唄，妳這傢伙到底想說什麼？」

她再問了一次。

「是啊，我想說的是——那位妳從美國帶回來的女孩，似乎遭遇了許多不幸——是否應該讓她先從交朋友開始呢？人際關係一旦富足了，即使稱不上幸福，至少也能遠離不幸。如何，等她復原之後——就送進橙百合學園吧？」

「……妳是說把她交給遊馬？」

聽了石丸的提案，哀川面露難色。

「嗯……遊馬最近好像振作了起來，或許可以放心交給她——我也不可能永遠像這樣待在她身邊。」

「真是十全。就這麼決定囉！」

石丸點了點頭。

其實，她根本不在意這位少女——只是無法眼睜睜看著哀川潤被她束縛，長時間杵在醫院裡，才會有此提案。

石丸小唄很清楚。

眼前的少女，並沒有哀川所想的那樣柔弱，也不值得哀川潤耗費心力照顧。她其實是個相當堅強的人——雖然沒有確切的根據，不過身為**同類**小唄是再清楚不過了。

「可是我……」

不知是否察覺小唄的想法，哀川潤似乎還是不太贊同這個做法，用緩慢的語調，望著少女說。

「我想這孩子需要的，並不是朋友，而是家人。」

「道理都一樣。」

小唄冷酷地說。

事實上，對她來說都是一樣的。

沒有任何差別。

哀川潤也不打算多說什麼。

「啊，說到家人，零崎一賊那些傢伙——就能夠避免不幸嗎？」

她一個人呢喃著。

◆　◆

——這次的故事，與她們的談話一點關係也沒有。只是，提到故事大綱，就如同石丸小唄口中的不幸，是關於人際關係的故事。但說到這裡，我就一定會聯想到那間醫院，不能見光的昏暗……為了裝飾這一切，即使是偽裝，也還是希望能夠更加積極地呈現。

沒錯。

說不定，還是則小小的戀愛故事。

第一章

「工作與我哪一個比較重要？」

「遊樂。」

◆◆

橙百合學園，對外雖以千金學校著稱，但實為祕密培訓強健傭兵的特殊教育機關。擔任橙百合學園總代表的高一生萩原子荻，幾乎不具備武力，卻以驚人的精神力脫穎而出，成為學園中的例外，在培訓期間就獲得軍師的身分——話雖如此，這絕不代表她沒經歷過恐懼，正因為她熟知恐懼的一切，才造就了如此強大的精神層面。

最近，關於恐懼的情感，主要來自於在她身邊打轉的跟蹤狂變態殺人鬼，也就是零崎雙識。「誰能拯救我呢？」「為什麼會變成這樣？」「真的沒人能救我嗎？」陷入驚慌狀態的她，甚至反常地祈求神的幫助……總之與他相關的記憶暫且拋開。提及恐懼——子荻最先想到的是西条玉藻。

以國中生之姿破格加入實戰部隊。

比起子荻，她完全是例外中的例外。

不——用「特例」或許恰當些。

令國中部宿舍束手無策，難以駕馭的她，現在都在高中部宿舍內生活。不，嚴格來說，高中部宿舍也沒有一個學生制得住她——最後，只好安排軍師身分的子荻與西条玉藻同房。在子荻的管理下，她才終於過得像個普通學生。

轉過身。

瞄向雙層床的上鋪，子荻嘆了一口氣。玉藻這時候應該在上頭安靜地睡著——不過對玉藻來說，闔不闔眼都是一樣的。

「……」

視線不變，子荻開始回想。

雖說是回想，也不過是幾年前發生的事。

那是軍師・子荻的第一個任務。

初次任務的意義，非同小可。

與橙百合學園的後臺關係深厚，某個大企業的會長千金遭到了外國武裝組織綁架——救出會長千金並一舉殲滅武裝組織，這就是子荻的首次工作。

當時的她，還只是一位國中生。

和現在不同，子荻尚未建立任何功績，根本不足以指揮整個救援部隊。雖說每個人都有第一次，但這任務實在太重大了，就連當時的她也是這麼想的。子荻當然有完成任務的自信，不過她還沒顯現自己的實力，組織卻賦予她如此重大的任務，這點令她十分疑惑。

「沒關係——只要照吩咐行動就對了。」

那時，橙百合學園的幹部，檻神能亞是這麼說的。沒有多做解釋，而聰穎的子荻，除了能讓任務順利進行，當然也把握了整件事的要領。

這即表示——被綁女子的父母或者其他的關係人，其實並不希望她被解救出來。然而自己的女兒都遭到綁架了，總不好不聞不問——又不能在處理上流於形式或讓事情浮上檯面。

所以整件事情只能低調行事，又或者像是在水面下進行般——任務最好失敗。這句話也許說得太重了，但就是一個——即使失敗也無所謂的任務。

要做得漂亮。

就只是如此。

從千金小姐遭綁架到子荻接到任務，大概已經過了一星期。

反正檻神能亞——只是想要藉此試一試萩原子荻的能耐罷了！

如此混亂而棘手的狀態，子荻在那時候還不適應——她只能想辦法克服這一切。

大企業會長的千金。

大企業的子女通常都存有一些問題——**和我一樣**。或許，她們沒有血緣關係，不然就是與財團的財產分配有關，又或者武裝部隊的教唆者根本就是她自己身邊的人也說不定。

真是可憐。

子荻有些同情那位比她小兩歲的千金小姐，但依舊保持冷靜。

不論如何，都已經過了一個禮拜。

雖然形式上對方有要求一定程度的贖金——然而依照之前整理的思考，那位小姐的存活機率可說是低得可以。

在子荻接到任務的時候，情勢已不樂觀。

但，也只能想辦法突破這一切。

至少要掌握剩下的部分。

殲滅武裝組織——雖說是失敗也無所謂的任務，但也不能完全不當一回事，子荻還是採取積極的態度。

不過，就在她作為統帥，突襲武裝部隊的巢穴的同時——她真真切切地感受到了恐懼。

恐懼。

並非由於第一次實戰——為此，子荻一點都不會感到害怕。

她完全能夠斷言。

該怎麼說呢？事實上，根本沒有戰鬥。

武裝部隊——

早已遭到殲滅。

總數大約二十人，全都是具有戰鬥經驗的彪形大漢，竟一個也不剩的死光。

一開始，她懷疑是組織起內鬨。

不過，只有一個人存活了下來——一名全身是血的少女。

子荻一看就知道了。

比對照片後更確定了她的身分。會長千金。

全身是血的她，一點傷口也沒有。
都是別人的血。
而那些血漬也早已乾涸。
「……咦？」
就像這樣。
蜷縮在一旁的她，緩緩地站了來。
那位少女一個人殲滅了整個部隊。
以受害人的身分。
將綁架者一人不留地殺光。
要接受這個答案，子荻還需要一點時間——即使知道這是正確的，仍難以理解。
怎樣都覺得可怕。
想要釋放那種恐懼，花了一秒鐘的時間。
一秒鐘。
短短的一秒。
不過就只是一秒。
但那一秒再也回不來，持續膨脹著。
「飄啊飄。」
她再度開口。

然後，朝著子荻她們，也就是救援部隊——一股腦地衝了過來。

雙手——恐怕本為武裝部隊所有——握緊了藍波刀，瞬間就出現在眼前。

連一秒都不到。

全身是血的千金小姐。

沒一會兒功夫，就把子荻率領的人——肢解，四分五裂。

支離破碎。

遭到解體。

子荻此時才明白這一切。

雖然早已心裡有數，但她其實默默否定著，那位女兒遭到綁架，救援態度卻消極不已的企業會長——不過，此時她終於能夠理解那位會長的心情。

他的舉動十分合理。

少女——完全異於常人。

不，她這種表現應該不是天生的——若真是這樣，一開始也不會遭到綁架。

看樣子是因為武裝組織的殺氣，使得少女與生俱來的才能爆發了吧？

爆發。

然後——全滅。

和武裝部隊一樣，救援部隊也被全數殲滅。

除了子荻——其餘全滅。

照理說，子荻也會被體無完膚地肢解——之所以能逃過一劫，並不是因為她沒有散發殺意。

理由相當單純，就只是因為超過一週沒有進食喝水的少女，在經過瘋狂反擊後精疲力盡倒下罷了。

這根本稱不上運氣好。

總之——軍師・子荻的第一個任務，因為背後問題複雜，還沒開始便非常不樂觀，但至少她在能掌握的部分順利進行，也算是達到了目的。

不過，才能被喚醒了，少女也無法再回到家族體系之中——最後由橙百合學園接收。

橙百合學園本來也會收容無家可歸的少女們。

那位千金小姐，名字和過去的經歷都不存在了。

「西条玉藻」是她新的代號。

名字沒有什麼特別——只是子荻隨意幫她起的。

做為橙百合學園的學生。

為了邁向新的未來，賦予少女的名字——不過，

幾年過去了。

無論是例外，還是特例，西条玉藻就連在橙百合學園中，仍是問題百出。被國中生宿舍趕出來也好，那些子荻也管不住的失控行徑，已經引起了學園高層的關注。

若不是玉藻有如猛獸般的戰力，或許早就被「處分」了也說不定。她最近的所作所為更是瘋狂。不過這也和子荻接下了一個史上最艱鉅的任務有關。每天光想著該如何與零崎雙識交手就夠了，根本沒時間理會玉藻——

「……而且，玉藻似乎對人識小弟比較執著……真希望她可以換一下。」

唉啊～

那個變態！有沒有什麼魔法可以讓他從這個世界上消失啊？煩惱不已的子荻犯著嘀咕。

為了揭開零崎一賊的神祕面紗，獲得更多情報，子荻盡力維持目前的狀態，但他總是略過最重要的部分。不說重點，盡扯一些無關緊要的東西，將話題繞來繞去，連一賊的人數都不願意透露，還說什麼：「我的家人可多著呢！名字甚至有到百八識喔！」就這樣，莫名奇妙地矇混過去。

「……差不多該進行下一波攻擊了，玉藻如果不趕快樹立什麼功績，對上頭很難交待的……以目前的情況來說，該怎麼對付匂宮雜技團？我們一直都沒有積極去處理這個問題——玉藻，妳有在聽嗎？」

為什麼會在這時候跟玉藻說話呢？

因為感受到了奇妙的氛圍——好像也不是如此。

反倒是太過平靜了。

若真要去解釋，應該就是一種直覺。

「……玉藻？」

不知為什麼。

從椅子上站起身，走向床邊，爬上梯子——掀起上層的棉被。

空空如也。

「糟——糟糕了！」

萩原子荻難得鐵青著臉——

一面大叫。

狂戰士，西条玉藻。

從學園中逃脫。

◆　◆

一位中國古代的學者，曾經這麼說過：

我做了一個夢。夢中的我是蝶，優雅地在繁花間飛舞。然後，我睜開了眼睛。原來是一場夢啊！我心裡這樣想著——不過，我進入了另一層思考。說不定身為蝴蝶的我是真，人間的我，才是一場夢。而究竟何為真，何為假，自己也早已無法分辨——

從古語課程中習得這一幕，零崎人識忍不住拉高了音量。

「又不是國中生！」

說出這句話的他也只是個國中生，不過，這也算是符合自己年紀的吐槽方式。

嚴格說起來，那時的人識，並不是殺人鬼集團・零崎一賊的鬼子——零崎人識，而是一位極其平凡的國中生——汀目俊希。

就因為擁有了兩種人格，他對於那篇古語才會有這麼大的反應。事實上，人識也常常會在一瞬之間，分不清楚自己究竟是殺人鬼還是普通人。

曾經在上課時露出殺人鬼那一面而嚇到班上的同學（雖然有順利隱瞞過去），也曾經在戰鬥時，以為自己只是普通的國中生，而被軋識罵了一頓（這次卻無法順利地含糊帶過。）

人識也認為，人的意識並非連續，而是片段的。所以在意識與意識的隙縫間，總是有迷失自己的時候。

究竟何為真，何為假。

現實中的自己是殺人鬼還是國中生。

當然，人識清楚得很——兩種既非現實也非虛幻，沒有表面也沒有內在，更無須論其真假。

人識既為零崎人識也是汀目俊希。

人識既為中學生也是一位殺人鬼。

就是這麼一回事。

但他仍歪著頭不得其解。

既然如此，以同樣的道理來說——也可能兩者皆非，兩者都不是真正的自己。

說不定那位學者，既不是人類也不是蝴蝶，而是另一種存在啊！難道就沒有第三個選項嗎？

事實上，人識在班上為邊緣人，在零崎一賊內也被視為異端。隸屬集團之中，卻無法融入該團體，無論對手是誰，只覺得自己像是不同種族的生物般，格格不入。

一開始，他確實認為自己一生都不可能建立起所謂的人際關係——絕望的是，人識本身也不覺得這樣有什麼不對。

說不定同為一賊之中的邊緣人——零崎曲識就能瞭解自己的感受吧？不過，既然人識自己無法理解曲識，他們也不可能達到互相瞭解的境界。

這就是問題的所在。

人識心想。

與其說自己的格格不入，是因為周遭的不理解，還不如說，都是因為自己從未想要理解周遭的所有人——無法完全理解任何人的心情。

不是不被理解。

而是無法理解。

深知一切的我，試圖與外界保持距離，卻依舊無法避免與環境產生摩擦，而最終的結果，總令人空虛不已。

不斷地不斷地重複。

往後的日子肯定也是一樣。

那早已注定的未來——又要我如何去在乎呢？

已經不是喜歡與否的問題，我，根本不在乎。

這就是所謂的絕望吧？

（缺乏努力的意願。）

（如此自甘墮落的狀態——就是我最大的問題。）

「汀目同學！」

突然。

有人叫住了他，人識嚇了一跳。

因此回到了現實。

現在的自己並不是那個殺人鬼，而是平凡的中學生——所在的場合，是學校教室。期末考結束了，正是迎接畢業的季節。下課休息時間，我坐在自己的座位上，班長榛名春香（綽號・大憲章）開口和我說話。

漂浮在教室中的人識，其實非常感謝會特別照顧自己的榛名，不過他並不打算表現出來。這次也是一樣吧？忘了交作業？還是之前打破窗戶的事被她發現了？人識還來不及作出結論，榛名她——

「汀目同學，好像有朋友來訪喔！」

如此說道。

我沒有朋友，妳當然也不是。人識思考著，而榛名的口氣，為何帶著疑惑呢？人識一面想一面抬起頭，接著——

視線越過榛名的肩膀，人識發現了那位在門邊等著他的人物。

匂宮出夢站在那裡。

『殺之名』排行第一，殺戮奇術集團匂宮雜技團的下任王牌——匂宮出夢。

女性的軀體內卻住著男性的靈魂，都不知道該稱之為「他」還是「她」，如此具有衝突性、虛實曖昧不明的匂宮出夢——竟和人識一樣，穿著學生制服，理所當然似地雙手交叉在胸前，佇立在那裡。

這也難怪榛名會感到疑惑。

即使穿著男生制服，那頭長髮還是太過顯眼——而且，十分怪異。這樣的傢伙出現在校園中，被當成可疑人物也是很合理的。

再一次，人識對於自己目前的身分感到錯亂。到底是零崎人識，還是汀目俊希——很明顯的，在這場合，自己的身分就是汀目俊希，不過，卻出現了零崎人識才認識的人物，殺手・匂宮出夢。

界線混淆了。

不會消逝的幻覺。

無法清醒的夢境。

混亂之餘，注意到人識的視線，出夢露出了靦腆的笑容，尖銳的牙齒發亮。

「喔！」

雙手的食指翹得高高的。

「小識啊！好久不見！」

又幫我取了奇怪的小名，我又不是什麼名字以「識」開頭，潛伏在湖底的謎樣長頸龍！一面想著，人識站起身。

「喔喔——出夢。」

像這樣回應了他。

看著這一切發生的榛名，似乎以為我們真的是什麼「好哥們」吧？雖然覺得從未看過的那位「朋友」有些可疑，但又像是解開了誤會般，說了句「那我先走囉！」就回到自己的位置上。

人識在確認她離開後，一步步朝著出夢接近，然後——在極為接近的距離，停下了腳步。

不懷好意地瞪著出夢。

「你這傢伙終於侵入了我的私生活啦——給我識相一點，小心被我哥給宰了！如果想要我殺了你，就乖乖等我放學。」

「幹麼這樣啊，小識。我不會再這麼平和的地方動手的！」

還真稀奇。是在為人識著想嗎——出夢壓低音量，口氣和緩地說。不，在他明目張膽地侵犯人識的私人空間，偷偷潛入學校的同時，就代表他完全不在乎人識的死活。

「更何況，我今天並不是為了想和你戰鬥才過來的。怎麼說呢？其實有件事想要拜託你。借一步說話吧！零崎人識──」

這麼稱呼道。

幾乎是強迫的語氣。

（看樣子，現在的我不是汀目俊希，而**被強制當作**零崎人識看待──）

他放棄了。

零崎人識，就是一個容易放棄的男人。

◆　◆

零崎人識──顏面刺青殺人鬼。『殺之名』排行第三，零崎一賊的鬼子，十四歲。

匂宮出夢──長髮殺手。『殺之名』排行第一，匂宮雜技團的下任王牌──匂宮出夢，肉體年齡十八歲（精神年齡只有十三歲。）。

這兩人是從人識被哥哥雙識半強迫地帶去雀之竹取山戰場後而相識的。當時帶給雙方的衝擊甚劇，從此兩人就以殺了對方為目的，相互攻擊。不，對人識來說，他本來就對於戰鬥沒有太大興趣，並沒有主動殺了對方的理由，但出夢卻是重度的戰鬥狂人，一旦發現縫隙，他絕不會放過任何機會，只為了逼人識出手。

對於總是採取消極姿態的人識來說，出夢的殺戮中毒，無疑是個極大的困擾──相當現實的問題，人識與出夢，在所屬集團內的立場雖然類似，兩人的實力卻差距很大。

所以。

主導權總是在出夢身上。

不過，人的忍耐是有限度的——大搖大擺進入像學校這樣的私人領域，對於人識的身分確實造成了威脅。得好好警告他才行！總之，人識先將他帶離教室，往操場走去，最後進入體育倉庫。能夠不在乎外界眼光好好說話的地方，也只有這裡了。

……虧出夢還真能夠不被發現地潛入這裡呢。就像榛名看到時也有點懷疑那樣，即使身上穿著學生服，但那頭長髮以及身體曲線，怎麼看都像是女生（肉體上）啊！如果真的被發現了，學校方面也會被追究責任吧？危機管理有待加強，人識心想。

「哈哈哈啊——」

脫下了人前的面具，出夢狂妄大笑，然後坐在跳箱上。他取出口袋中的眼鏡，把它當做髮箍，將瀏海翻起固定。

「哈，說起來我很久以前就知道了——人識，你表面上倒是裝得跟一般人沒兩樣嘛！不過實在太過融入了，我還找了一下呢！要不是你臉上的刺青，可能認不出來喔。」

「如果可以，我希望你永遠都找不到。」

人識摸著臉上如同記號般的刺青，在軟墊上坐好。體育倉庫怎麼說也只是個倉庫，光線不足且有些昏暗，但這程度的亮度是無法限制『殺之名』中榜上有名的他們。

「所以出夢，你到底想怎樣？」

話說回來，什麼時候跟這傢伙成了能夠直呼對方名諱的關係啊？人識思考著，然後開始質問起出夢。

「說什麼不是為了戰鬥而來，我當然不會輕易相信——看在這一路上五分鐘你都很安分，我就姑且聽聽你想說什麼吧！」

「這樣啊，哈，謝啦！」

出夢笑得很開心。

與其說是開心——還不如說是有些亢奮。

雖然平常就算是一位情緒高昂的殺手，不過今天卻興奮得異常。怎麼了？難不成是壓抑後的反彈？

「但這學生服，看似活動方便卻意外的很難動作耶——肩膀這邊不好轉動，又加上我的手比較長，很難取得平衡。最糟糕的，是這立起來的領子，一旦把扣子扣上，就好像戴了什麼頸環似的。人識啊，你還真能穿這種東西與我單挑耶！」

「平常一直穿著緊束衣的人憑什麼說我啊……以防萬一問一下好了，你身上的學生服，是靠正當手段拿到的吧？」

「啊？你是什麼意思？」

「該不會是從路人身上搶下來的吧？」

「啊哈哈哈——從別人身上搶奪，對我們這種人才算是正當手段吧？不過你大可放心，就如同你所知道的，我一天的殺戮時間只有一小時——所以，我並不會把寶貴額度用在那種路人身上。」

出夢說，學生服是妹妹給他的。

妹妹。

話說回來，好久以前曾經聽過出夢說起自己的妹妹，名叫理澄——出夢負責戰鬥，而理澄則擅長事前調查。若真是這樣，那入侵校園這程度的小事，對他們來說應該易如反掌吧！

「不過人識，平凡人的打扮意外也很適合我吧！怎麼樣啊？」

展開修長的雙手，出夢特地擺起姿勢。除了袖長過短之外，確實挺合適的。人識心裡雖這麼想，卻又不想讓那傢伙得意。

「一點都不適合。」

他果斷地回答。

「你還是趕快說正經事吧——不是有事想要拜託我嗎？啊，我知道了！沒錯，你一定是要我介紹我哥給你認識吧？沒問題沒問題，我可以馬上告訴你，然後等著看你們互相殘殺，拚出個死活。不論死的那方是誰，都能解決我一半的負擔，確實不是件壞事！啊，最後如果兩敗俱傷，雙雙陣亡，那就太完美了！」

「唉，能跟你哥自殺志願那樣的對手戰鬥當然求之不得，不過，我前陣子才把骨頭摔斷，所以——目前先不用麻煩。」

「什麼嘛，你應該比較強喔！」

「就算我的武力在他之上，但變態程度是絕對贏不了。」

誰叫你們比這種東西。

人識將嘴邊的話吞了回去。

「不然還有什麼事？」

「我想請你幫我完成工作。」

因為對方是出夢，還以為他會故意吊人胃口來取笑別人的反應——但令人意外的，他輕易地就將自己的「目的」說出口。

「欸？幫你完成工作？你是在說夢話嗎——還是根本沒睡醒？啊啊，真沒想到你年紀輕輕就痴呆了——」

「不，我是認真的。」

出夢制止了人識的嘲諷。一直以來，制止對方嘲諷的都是人識，這次竟由出夢開口，實在很稀奇。

「大家雖叫我什麼下任王牌——充其量也只是個失敗品，就因為失控的性格還有點利用價值，不然，即使遭到『處分』也不意外。」

這倒不是第一次聽說。

最初是從哥哥雙識口中聽來的。

匂宮出夢這強調「強度」的存在——強調「強度」的人格，是在製造目前匂宮雜技團的最高傑作「斷片集」時偶然產生的副屬品——也就是所謂的「瑕疵品」。所以，他必須得靠明確的結果、明確的成績，來肯定自己的存在。

而零崎人識在零崎一賊中的立場，也相當類似——不過也存有根本性的不同。

若追究其原因，零崎一賊是「殺人鬼」的集團。

匂宮雜技團卻是「殺手」組織。

「殺手」就是匂宮的職業。

這即表示，組織內奉行究極的實力主義——若是沒有利用價值，就會遭到處分。人識雖然也是集團中的異端，但他只要低調沉潛其中，就能安安穩穩地過日子。兩人在生活中面臨的風險，等級相差甚遠。

「我有妹妹要養啊。我很疼惜她，她也為我做了很多事——不過我卻因為這陣子有些偷懶而被上頭盯上。」

「偷懶？你這傢伙——」

那是你自己的責任吧？人識差點就要脫口而出，但仔細一想，出夢偷懶怠職的原因，似乎是因為自己。他太常來找人識「玩樂」了。

事實上，這確實造成人識很大的困擾，為此，他也無需感到愧疚。

「其實我自己也知道，這樣下去一定會出事，但正所謂愛上了比死還慘，我還是忍不住會來找你。」

「你少噁心了！」

話雖這麼說。
以職業的立場來看，出夢早該將零崎的真實身分向「上頭」報告——他卻沒有這麼做。而人識也從未向一賊說明他與出夢的關係。兩個人並沒有口頭上的約定——一切都是默契。
因此，出夢若在組織內有了危機，人識也無法毫不關心。
即使不是他的責任。
他仍然感受到責任感。
「所以——你是打算洗心革面，專心於殺人的業務，選擇今天來向我道別嗎？」
人識還是忍不住調侃了他，這也是零崎人識的個性。
不坦率。
「啊哈哈哈，不不不不！說實話，即是我現在下定決心反省，也於事無補了。我收到了處分寸前的命令。」
「處分寸前？」
「就是被推出去送死啊！他們交給我了一個不可能達成的任務。」
出夢的口氣聽不出一絲絕望。
甚至開朗的過分。
他之所以會比平常更亢奮，應該是因為陷入緊張狀態吧？人識作出了判斷。
仔細想想，好不容易能和我單獨待在體育倉庫裡，以匂宮出夢幾近變態的性慾，應該早就將我抱緊，或是強吻我，再將我剝個精光。不過，這一切很異常的都沒發生。

「不可能的任務是什麼？」

「玖渚機關直系血親的殺害指令。」

匂宮出夢——

依舊毫不在意地說著。

雖然他早就說了這是個誇張至極的任務，人識也做好了心理準備——但實際上聽到了，卻只覺得那是個惡劣的笑話。

比起煩惱，更令人發噱。

這個玩笑——也開得太大了。

「什麼啊——不可能做得到吧？不對，就算真的完成任務——之後也一定惹禍上身。」

「啊啊，反正這種特攻指令，就是要我去送死——繞了個遠路罷了。」

玖渚機關。

如果說零崎一賊和匂宮雜技團主宰了暴力世界，那玖渚機關就是支配權利世界的集團。由壹外、貳栞、參榊、肆屍、伍砦、陸枷、跳過柒的姓氏，和捌限所組成的玖渚機關。那驚人的影響力，壓倒性的存在，根本無法用言語說明，若真要去解釋，住在這個國家的每一個人，或多或少——幾乎都在它的支配下生活。如此說法一點都不誇張，就連這小小的體育倉庫，也都是因為玖渚機關而存在的。

完全缺乏真實性。

那玖渚機關的——直系血親？

他們的存在雖然不容懷疑。

但這樣的殺害命令——簡直像是要你弒神般不合理。

或許比弒神還要困難。

「話說回來，這到底是誰委託的工作——就因為是『殺手』集團，如果沒有人委託，匂宮雜技團也不可能自行動手吧？」

「誰知道。即使想要追究——也是白費力氣。不過，玖渚機關也是由人類組成的集團，總是會有利害關係產生吧？」

「利害關係啊。」

沒錯，這是無庸置疑的。

但這樣的委託也未免太不切實際。

「委託人也真是的，但接受委託的人更有問題——出夢，你的意思是說，為了下達處分，而在如此的時機，將這匪夷所思的任務交給你是嗎？」

「錯不了的，我肯定被討厭了！」

話說回來，『斷片集』的人也太心急了吧——從出夢憤慨的口氣來看，下達指令的，應該就是傳說中的『斷片集』。

身為第十三期實驗的成功案例，在他們眼中，明明是失敗品的出夢竟能如此為所欲為，肯定覺得礙眼吧？

但是——

這並不構成理由。

「也不能說它完全缺乏現實感——讓我無法拒絕似的，所有狀況完全合理。雖說是直系血親，但殺害的目標，**那個人**最近剛好闖下大禍，一時被趕出了家族體系，也就是被玖渚機關本體隔離的狀態。」

「闖了大禍——是什麼問題呢？那委託人應該清楚事情的來龍去脈。」

即使沒有確切的證據。

會這麼想也是理所當然的。

「先不論玖渚機關直系血親擁有多大的權利，不過，他們畢竟不是『殺手』，幾乎沒有戰鬥能力——防護既然薄弱，以現狀看來，想要達成任務也不是完全不可能。」

如果是你的話。

這句話，人識並沒有說出口，但出夢只是輕輕地搖了搖頭。

「一點也不薄弱。他的所在地一旦曝光，防護反而會變得更嚴密——他們聘請了相當棘手的保鏢。」

他說。

「保鏢。」

「是啊，特別是其中一人，真的很不好惹——零崎人識，他跟你也不算毫無瓜葛喔！還記得在雀之竹取山，戰勝你們家愚神禮贊的那個女人嗎？」

「啊啊。詳細情形我不是很清楚。」

愚神禮贊——零崎軋識並不是一個不承認自己失敗的殺人鬼。關於這部分，都有從雙識和曲識那聽說。

「好像是一位帶著鐵面具的女僕……我甚至懷疑老大是不是看到了幻覺。如果真有這樣的傢伙存在，我倒想見識一下。」

「這次的對手還是那女人的師父喔！實力可想而知。直木飛緣魔——正常來說，他完全超越了當保鏢的等級。」

「飛緣魔——」

人識從記憶中搜索。

不過，總是有意識地隔離**那些危險情報**的人識，當然什麼也都想不起來。如此特別的名稱，一旦聽過也很難忘記吧？

「……那傢伙比你強嗎？」

「嗯……怎麼說呢？若真是那樣，主打『強度』的我當然不願意承認，不過，肯定不能等閒視之。全力以赴，獲勝的機率也只有一半。」

出夢難得保守。

這也代表對手確實有那樣的實力。

再加上其他的情況考量，現實可能比想像中還要惡劣。

「不過……不，這裡應該要用**而且**，保鏢還不止飛緣魔一人——另外還有兩人，一起守護那位直系血親。就算沒有飛緣魔難對付——實力仍不容小覷，分別為直木泥田坊和直木煙煙羅。」

直木泥田坊。

直木煙煙羅。

「姓氏相同啊，他們會不會跟你一樣，也是兄弟姊妹？」

「不，沒有血緣關係。『直木』只是集團名稱，而泥田坊和煙煙羅比較像是飛緣魔的弟子——師承飛緣魔，這兩人絕對比那個鐵面女僕還要厲害！」

「也就是說，他們的組成比較接近零崎。」

「只有三人跟你們一賊當然沒得比，不過人數要是夠多的話，或許也有相當於『殺之名』的程度。大家都稱他們為直木三劍客。」

「……稱謂挺響亮的，像那個已經成為某某賞的戰前文學家的名字，但很難跟他們聯想在一起吧？」

「是啊，是有點困難。」

相較於人識的輕蔑，出夢的口氣倒是相當認真。

照理說出夢應該要負責吐槽才是啊！

「實力也遠在總角三姊妹之上。有那樣的直木三劍客固守在目標周圍，某種程度來說，甚至比核子避難所還難攻破。」

「……真是糟糕。」

人識感嘆。
「你這傢伙，事前調查能力還是一樣厲害嘛！」
「厲害的不是我——調查是我妹的技能。調查什麼的，那麼細膩的事我可做不來。
這也就是所謂的——知己知彼百戰百勝啊。」
「但那個人也說過，善戰者，不戰而屈人之兵啊。」
在看出了端倪後，人識終於切入主題。
「所以你希望我怎麼做？」
「飛緣魔就交給我，幫我打倒剩下的兩個人——這要求似乎過分了些，你只要盡可能幫我拖延時間就行了。拜託。這種事，我只能拜託你。」
「哈哈哈——誰叫我們都沒有朋友呢？真是天生一對。」
人識對於別人當面的請託，相當沒有抵抗能力。
「好啊，我幫你。」
所以。
他立刻答應了。
然後。
「…………？」
就像這樣。
匂宮出夢整個傻住了，一臉茫然地——看著人識。

無言。

維持同樣的表情，一句話也不說。

「……？喂？出夢？」

「啊，沒有啦——」

出夢恢復了意識。

「——不好意思。沒想到你會一口答應，害我一時不知道該怎麼辦才好。」

「什麼嘛，原來你希望我拒絕啊？哈哈哈——學校這邊已經不必在乎出缺勤的問題，讓你欠我一次好像也很有趣。飛緣魔、泥田坊還是煙煙羅的，我都不管，那種像妖怪軍團的傢伙，讓我一個個殺死、肢解、排列、對齊、」

「愛、」

「你喲……怎麼可能啊！」

還以為出夢終於恢復了平常的模樣跟他開起玩笑，人識像是吐槽般大聲吼了回去，但出夢的表情卻依舊和剛才一樣茫然。

「欸？不是你嗎？那——」

人識確認聲音傳出的方向。沒有錯啊，和出夢所在的方向一致——不對，仔細一想，聲音好像是從他坐著的跳箱中傳出來的……

看樣子兩人的結論相同。出夢立刻離開跳箱，一腳就把最上層給踢飛。

跳箱裡頭的人。

橙百合學園的逃學生。
她是穿著體育服的——西条玉藻。

◆　◆

在距離人識以汀目俊希身分就讀的中學數百公里外的深山中——沿著山壁而建，所屬玖渚機關的別墅內。
「哈啾！」
像這樣。
他打了一個噴嚏。
「喔——好像，又一個人想要取我的性命……是我想太多嗎？」
搗著嘴，他繼續說。
帶著詭異的微笑。
「算了，我已厭倦如此的隔離生活——如果真的想殺我，就請便吧！」
不過。
玖渚機關直系血親——長男，玖渚直呢喃著。
「高貴如我，這條高貴的命——只求動手之人，能用高貴的手法，帶走它。」

第一章

「只為錢賣命的你，為何出手？」

「我還是為了錢啊——友情，值千金。」

◆ ◆

玖渚機關直系血親，玖渚直。

這時還是未成年的十九歲少年，但他自小就以神童之姿進入了玖渚機關的中樞部分，成為擁有至高無上權力族群中的一人。

由於小他五歲的妹妹，**並不是**所謂的神童，再加上本身低調的性格，他的名氣並不響亮——然而近十年能夠在玖渚機關嶄露頭角，與他的過人的智慧有很大的關係，但這一切在他眼中只不過是閒暇之餘的消遣罷了。打發時間的消遣卻也已經足夠。

而這樣的他，又為什麼會被隔離呢？

就因為幫助了一位少年。照理來說，他是一位與玖渚機關沒有任何關係的一般人，但那位一般人卻不自量力反抗起玖渚機關。更令人意外的，玖渚直竟然使用不正當的方式資助他出國留學——當然，全都是靠玖渚機關所擁有的權力。

名義上雖是出國留學，事實上是將他流放海外——不過，直的行為還是無法獲得原諒。「閣下大禍」這句話或許言重了，卻完全不像聰明的直會做的事，這他自己也很清楚。

如同懲罰般，直遭到了隔離——絲毫沒有一點反抗，他也淡然接受這一切。

話說回來，將直隔離，最困擾的還是玖渚機關——光是和直的妹妹切斷關係，就令機關的中樞夠頭痛的了，更何況是**溝通無礙的神童**，他們是不可能讓玖渚直長時間離開組織的。所以直也暗自盤算，這形式上的懲罰絕不會超過一年。

直明白自己的能力。

他是一個能客觀省視自己的人。

當然，他早已料想到，在被機關隔離後，自己的生命威脅會急遽增大——同樣的，他也知道在一段時間內，自己的立場岌岌可危。

不過，這些對他來說一點也不重要。

這時候的他並不看重自己的生命。

某程度上來說，他是豁出去了，但也可能只是自暴自棄。

關於自己的妹妹。

又或者是那位少年。

一想到他們，就更是如此。

妹妹能夠在切斷關係後生存，以及那位反叛的少年之所以能保住性命，可以說都是拜直的努力所賜——但對他來說，卻只是在為自己的失敗善後。

解決自己闖出來的禍。

所以，對於被隔離後引來的生命危險，直毫不在乎。他豁出去了，但也可能只是自暴自棄，就連保鏢也都是隨便選選。

『以高貴的我那高貴的名字，作為姓氏的開頭，我很喜歡。』——就是這樣。

這就是玖渚直會選擇直木飛緣魔，人稱直木三劍客的他們同行的原因。

只不過隨便選選，卻歪打正著讓他選到了最高等級的保鏢，這完全顯現出玖渚直的先天優勢——話先說到這裡。

簡單來說，這就是故事的內幕。

匂宮出夢不會在意這一切有沒有寫在妹妹的調查報告裡，更與只是受出夢請託而共同作戰的零崎人識毫無關係——但若想要討論零崎人識與匂宮出夢的關係，這故事的背景可說是相當大的轉捩點。就算是個沒有太大用處的情報，他們還是應該要知道的。

◆　◆

殺害對象玖渚直，目前被隔離於玖渚機關下的別墅中——在體育倉庫裡，匂宮出夢是這麼說的，但詳細詢問之後才知道，不只是別墅，就連別墅所在的山區，都歸由玖渚機關管理。

玖渚山脈。

那一帶山峰的正式名稱。看樣子，與其說是隔離，還不如說是軟禁，以復職為前提的軟禁——

（若是反向思考，這才有暗殺的意義，或者說是暗殺他的好機會。）

人識如此心想。

提到暗殺，不是匂宮也不是零崎，照理說是闇口的領域才對——總之，這是出夢造訪人識就讀學校當晚所發生的事。

一條貫穿玖渚山脈的山路上，殺手・匂宮出夢、殺人鬼・零崎人識以及狂戰士——西条玉藻，三人走在上頭。

明明是山路，加上夜晚視線不良，令人佩服的是，他們的腳步卻像走在平地般順暢無礙……但嚴格來說，西条玉藻並不算是在走路，她正在零崎人識的背上呼呼大睡。

「……真的要帶那傢伙一起去嗎？」

領頭的出夢不斷轉身，詢問人識同一個問題。帶著輕視的眼神。

從沒想過出夢會對自己投以如此的視線，人識有意無意地想著，然後回答。

「有什麼辦法呢？」

這回答當然也不是第一次。

「我總不可能把她丟在體育倉庫裡。」

「可以不要理她呀？現在也不遲，把她丟在路邊就行了。」

「怎麼能把睡著的女孩丟在路邊呢，這是哪兒來的想法啊？」

「但是你看，她一臉幸福的樣子。」

「不要說得一副她已經死去了好嗎？」

人識用相當大的音量回嘴，背上的玉藻卻沒有醒來的跡象。睡得真熟啊，扣除掉她是一位十歲少女的條件，確實相當可愛。

然而——人識比誰都清楚，西条玉藻可是一**點都不可愛**，就連出夢都印象深刻。最初他們相遇的時候，玉藻也在那裡。當時，人識與玉藻正準備要開始對決，出夢卻硬是加入了戰局——情況就像這樣。

人識回想，原來那就是一切錯誤的開始。在雀之竹取山，因為對決被打斷而憤怒不已的人識，竟然無視兩人的實力差，放棄逃走的手段，硬是向出夢發出挑戰——這也是他難得如此熱血。

在那之後和出夢大戰了幾場，後來多以打鬧的形式相會，不過，玉藻就此不見身影。問了之後才知道，零崎軋識不止一次遭到玉藻的襲擊——和那位大將交手，卻沒受什麼傷，人識也再次改變對玉藻的看法。

但她為什麼會突然出現在人識的學校裡，而且還躲在體育倉庫內的跳箱之中，目前還是一個謎。

「嗯，一開始就覺得她應該是來找我的，知道我的學校在哪也確實很不可思議，不過和你不同，這完全有可能是因為她的本能。」

「……話說，那傢伙是不是把我給忘了？」

出夢開口說。

口氣很微妙地帶著一絲厭惡。

「差點都要死在我手上了，怎麼還能忘記呢？真是的，這樣根本沒有殺她的價值嘛！」

「對喔，你好像從背後突襲她是吧？這也難怪。」

「搞什麼啊……可以不要那麼在意嗎？還是有人在害羞啊？這麼喜歡小學生窮酸的肉體啊？你這個蘿莉控！」

「不是嘛，揹著她就一定會有身體接觸啊！說到窮酸的肉體，你也有得比好嗎？」

「什麼，人識，你竟然都用這種眼光看待我的肉體，真是傷人。」

出夢一邊說，一邊往前走。

心情好像非常的差——乍看之下似乎是因為自己所背負的艱鉅任務竟出現了外人來攪局而感到憤怒，但搞不好是因為人識對玉藻的溫柔才使得出夢不悅。

這一切對人識來說，都只是困擾罷了。

「真是的，在那裡旁若無人般卿卿我我，到底有沒有想認真工作啊？」

「沒想到有一天能從你口中聽到這句話，我很高興……但如果不像這樣保護她，說不定你這傢伙又會對她動手。」

「請不要把我跟你這種殺人鬼混為一談好嗎？殺人與殺戮不同——平時玩賞花藝什麼的，我可是一個情緒極為穩定的殺手喔！」

「說到玩賞，應該是那些東西吧？從殺害對象身上割下來的戰利品，例如鼻子（hana）之類的。」

「不是那種花（hana）啦！也太可怕了吧？又不是戰國時代。」

算了。

即使情緒不佳，但只要像這樣鬥嘴，出夢就能如同白天的時候一樣，脫離緊張狀態。

這樣也好。

……事實上，關於自己為什麼要把玉藻也帶來這裡，人識還真說不出個所以然。

（話題走向就是如此，好像也沒什麼辦法。）

「他們不是直木三劍客嗎？對方有三人，而我們也湊個三人一組的，算是個好點子吧？」

「就算只有人數相同，也沒什麼意義……話說那小鬼真的能打嗎？」

「半年前和她交手的時候，實力可是跟我差不多。」

「哈啊，但那之後有我的鍛鍊，當時的數據已經不準了。」

「這傢伙肯定也累積了不少經驗值吧？」

為什麼會和軋識開戰呢？

本人或許不願意承認，不過軋識確實是能夠讓戰鬥對手成長的人。人識心想，玉藻這半年從軋識身上獲得的經驗值應該相當驚人。

「這就是所謂的士別三日刮目相看吧？雖然是女生但也說得通。」

「少替她說話了。人識——那小鬼在我看來，絕不是能和你匹敵的對手。」

出夢說。

「……話說，她根本不算我們圈子裡的人吧？」
「怎麼這麼說？她瘋狂的程度跟你有得拚耶。」
「在你看來或許如此——不過人識，我和她是不一樣的，她一定也不想和我比較。用最簡單的方式解釋——我，是戰士。」
出夢。
停頓了一下，然後指著人識的背，也就是玉藻。
「這傢伙，是狂戰士。」
「…………」
「狂戰士會若無其事殺掉自己同伴，要是無法控制身上的能力，就很難估算出她真正的戰力。雖然我不是一個愛囉嗦，會替人著想的人，但若想要使喚那小鬼，必須要是個相當有能力的指揮官。你，有自信能扮演那位指揮官嗎？」
對於出夢的疑問，人識無法回答。
不——他也回答不出來。
（都說是指揮官了。）
無法理解別人，無法與任何人建立起正常的人際關係。這樣的自己，別說是玉藻，根本無法指揮任何人。
「最糟的情況，甚至會為自己樹立新的敵人也說不定。不過，今天是我有求於你，所以我也不打算再多說什麼——我是有辦法對付她，但人識啊，她如果一刀向我們刺來，大家就各自保重吧！」

出夢沒好氣地把頭轉回去。

其實並沒有要討好出夢的理由，不過照這情況，肯定會被夾在出夢與玉藻之間，裡外不是人。

「……真是傑作！」

順帶一提，人識依舊穿著學生服。

出夢倒是換了套穿著，下半身著皮褲，上半身赤裸，只披著一件皮外套，用眼鏡髮箍住瀏海。

而玉藻身上的體操服，破爛不堪（可能是自己故意的），校徽也早已磨損，難以辨識。

「出夢，我們不會太過醒目了嗎？就這樣大搖大擺地走在唯一的一條對外道路上，而且繼續走就真的能走到那棟別墅嗎？如此的行為根本像是故意要他們趕快發現我們一樣。」

雖說還不到打草驚蛇的地步。

但確實欠缺了警戒心。

「哈——躲躲藏藏也沒用啦！目前的行動，飛緣魔他們一定也已經發現了。反正結果都一樣，正大光明一點還比較有效率。」

「什麼嘛，情報洩漏出去了嗎？」

「也不是，應該是靠殺意來分辨的。零崎一賊的殺人鬼們對別人的殺意應該也很敏感吧？而這當然不只是你們的專利——更何況我從剛才就對那棟看不到的別墅投以相當堅決的殺意。」

「……你為什麼要這麼做？」

因為對象不是自己，所以人識也沒有發現到——這不是給自己添麻煩嗎？話說回來，零崎一賊在戰鬥時向來都以挑起對方與自己殺意的手段著稱（尤其是雙識）——

「不過，中間隔了滿遠的距離耶。」

「唉，如果這點距離都無法察覺我的殺意，這種對手不要也罷，一點都不有趣啊！那我乾脆穿拘束衣過來就好。就像是業界的打招呼方式——我習慣先互相找尋到對方。」

「這麼慎重啊！」

「目標可是玖渚機關的直系血親耶，再怎樣慎重都不夠吧——」

聽他這麼一說，確實不錯。

看似缺乏警戒心，但其實已經考慮到下一個層面，開始了拉鋸戰。

「的確，無論是我哥、老大，還是曲識哥，零崎一賊都只是殺人而已——從來沒有人教過我所謂的戰略還是計畫什麼的。是個好機會啊！出夢，就讓我參考參考你的方式吧？」

「啊啊，你就盡量偷學吧……不過，這還真是有點奇怪。」

出夢有些疑惑地說。

「我們進入山裡已經有一陣子了——對方卻沒有任何動作，甚至沒流露出一點殺意。沒有殺意也就算了，至少會有類似敵意或是惡意的情緒傳達回來——」

「該不會真的沒發覺吧？」

「如果真是這樣就好——又或者，他們根本不把我們當成對手。」

他的語氣相當嚴肅。

不把我們當成對手？

有可能嗎？

姑且先不論我和玉藻——對方有可能無視那戰鬥力驚人，完全凌駕於超人領域的匂宮出夢嗎？

（若真有可能——）

對方，又是怎樣的存在呢？

「……呿。雖然如此，我還是覺得他們是『名過其實』的戰鬥人員耶——不過話先說好，人識，如果你有單獨面對飛緣魔的機會，請立刻逃走。我只是要你來幫忙，不是要你來送命的。」

「…………」

他——真的很緊張。

他——真的很慎重。

而人識也知道，現在的出夢非常猶豫。

若真是如此，是否應該立即放棄這無謀的任務？人識是否也有義務要這樣對他說？不過一想到在紀律嚴謹的匂宮雜技團中出夢的立場，又有些卻步。

所以至少，

「拚命不敢講，但我一定會賭上自己的自尊。」

人識這麼說。

「啊哈哈哈——搞什麼啊，也太帥了。人識，我看是你迷上我了吧？」

「哈——我確實覺得你長長的瀏海滿可愛的，只可惜你的身高——」

情勢使然，還是有些彆扭，但兩人總算恢復了平常的相處模式——就在這個時候。

突然，人識背上的玉藻，睜開了眼睛。

她「啪」的一聲睜開眼，接下來的動作快得令人害怕。放開環抱人識脖子的手，圍在腰間的腳也鬆開了，然後就像是在爬單槓般，輕盈地順著人識的背脊，最後一腳踩在他的頭頂上，一躍而下——著地。

不對啊，如果只是想要從人識背上掙脫，那最後踩在頭上的動作也太多餘了吧？總之，像是突然降下的暴風雨般，西条玉藻甦醒了，而她兩手撐著地面，以猛獸的姿態，直盯著前方。

視線的盡頭，是山路旁的一棵大樹。

「…………？」

「…………？」

人識不明白。

出夢也不明白。

那動作實在令人不解，不過玉藻向來如此，這次也不例外吧——人識做出判斷。但如果是平時站在指揮立場的萩原子荻，就絕對不會這麼想。幸好在他犯下大錯前，「對手」主動和他們接觸。

躲在樹幹的後方。

那位男子——現身了。

「……本來是打算先放過你們，然後繼續觀察，看看你們有什麼能耐——卻被發現了啊。我還以為她睡得很熟，根本沒把她放在眼裡。」

一位高瘦的青年。

給人相當纖細的印象，穿著牛仔褲和皺巴巴的襯衫，如此打扮更突顯他骨瘦如柴的體型。

毫無防備的站姿，鬆懈且毫不緊張的表情。

與其說是漏洞百出，還不如說他根本沒有警戒。

就連殺戮的氛圍。

甚至是敵意、惡意也感覺不到。

就算說他是路過的登山客，都有人相信——完全不適合這個地方，那男人散發出溫暖而和緩的氣息。

當然。

他——並不是登山客。

「初次見面，可愛的刺客們。我就是直木三劍客中的——直木飛緣魔，的可能性。」

◆　◆

所謂的強者其實有很多種類——話雖如此，卻可略分為兩種。

一種是華麗的強者。

此種類的代表者，非哀川潤莫屬。短短不過一年的時間，竟然能以人類最強的稱號獲得全世界的認同，街頭巷尾沒有人不知道她的實力——說到華麗，無人能出其右。

而所謂的華麗，也就是**眾目昭彰**——換句話說，他的強度是淺顯易懂的，無需近距離接觸，光用看的或只要聽過他的傳聞，更甚至連聽都不用聽，就連想像都不需要，他的名字就能使萬人傳頌——說明解釋是不必要的，那強度自己具備了傳達力。

匂宮雜技團的下任王牌，匂宮出夢既是此屬性的標準例子，還有尚未發展至究極形態的西条玉藻、零崎人識，恐怕也是同一種類型。

對立的另一種形態。

那就是——安靜的強者。

換個說法解釋，即是不起眼的力量。

不起眼雖是帶有貶義的詞語，不過，這代表即使近距離接觸，也很難感受到他們的實力——無論你想藉由知覺、視覺、聽覺還是觸覺，他們的強度依舊難以傳達。也不是故意隱藏實力，但不知為何，就是無法察覺。

別提強度了，看起來甚至不堪一擊。

既不顯眼，也不華麗。

缺乏魅力，更沒有架勢。

不過——那**看不見的威力**，卻一點也不好對付。

舉個例子，先前提到哀川潤，自從她得到人類最強的承包人這封號後，就再也沒有了所謂的勝負。只要聽到自己的對手是哀川潤，敵人無不夾著尾巴落荒而逃。工作幾乎都不成立——這就是她聲名大噪後，墜入的無限輪迴，永遠沒有逃出的一天。

名為最強的無限輪迴。

名為華麗的業障。

安靜的強者卻沒有這些問題。

無限輪迴也好業障也罷，好像都與他們無關似的——無需架起警戒即獲得勝利，沒有一切戰慄即贏得戰鬥。

這類的強者，在人識的身邊，大概只有零崎曲識了——而實戰經驗豐富的出夢和玉藻，甚至連個例子也舉不出來。

不過。
三個人都本能地感受到了。
眼前的男子——看似不堪一擊。
安靜而不起眼的——直木飛緣魔，他就是那一類的強者。
當然，還不止這樣。
就算有所意識卻難以戒備，那無法窺探的實力——這麼說來，對於出夢所釋放出的殺意，能無動於衷而毫無反應，也全是飛緣魔本身的屬性使然。
即使是現在，也完全感覺不到飛緣魔的殺意。
如果是對殺意極為敏感的雙識或許能看出一點端倪——但至少人識沒有這樣的感知。
（我）
（我在零崎一賊中，是有些特殊啦——）
帶著微笑的飛緣魔。
只是站在那裡。
怎麼看都像是單純的站立。
看起來就只是這樣啊！
對此，人識、出夢、玉藻三人盡其所能採取對應——在飛緣魔表明身分的瞬間即開始準備。

不，玉藻在他現身以前，就已經呈現備戰狀態——在這點，人識與出夢倒是落後許多。

「喔？」

瞬間，三人以三角隊形將飛緣魔包圍——事前沒有經過討論，這完全就是即興的團隊合作。

絕不能讓他溜走。

沒有多做交談，三人各自從不同方向發動攻擊。零崎人識與西条玉藻基本上用刀，但就連拿刀的時間都覺得浪費，人識握起拳頭，玉藻五指成爪就這樣撲了上去。

照理說威力應該不小才是。

理當如此——

「有趣，你們的可能性還真有趣啊。」

聽到飛緣魔這麼一說——人識**整個人被彈開**。

不只是他。

出夢和玉藻，也各自被**彈回原來的位置**。出夢採取守備姿態，玉藻像是被打趴似的，盤踞在地上，不，這說不定就是她的防禦型。

（喝——）

來不及反應的人識，雙腳直接著地——完全不知道**發生了什麼事**，也不知道**自己是怎麼了**。

一點頭緒也沒有。

毫不保留地撲了過去，如果只有一個人單打獨鬥的話，肯定是足以喪命的捨身一擊——被躲開就算了，或是對方自己移動了位置，又或者只是左右閃避攻擊都沒關係。

從正面彈開又是怎麼一回事呢？

這是所謂的——被推開嗎？

出夢與人識好像懷抱同樣的疑惑，藏不住心底的動搖，全表現在臉上。然後如同恫嚇般，惡狠狠地瞪著飛緣魔。

「你這傢伙——幹了什麼好事！」

像這樣大吼著。

反觀飛緣魔則是一派輕鬆，依舊露出了微笑。

「連發生了什麼事都不知道，這就是我們之間的實力差距啊！」

他說。

語調平和，說話卻帶刺。

出夢好像嚥不下這口氣。

但飛緣魔毫不在意的繼續說。

「不過啊，你們比我想像中，具有更大的可能性喔——差點被你們可愛的外表矇騙了。」

「……你還好意思說。」

人識的口氣相當慎重。

同時找尋著將暗藏的刀子從學生服袖口取出的時機。

「根本傑作啊——反正就是一些像是幻術或是催眠術的無聊伎倆嘛！」

「顏面刺青小弟，你不該說出這種毫無根據的話喔。不過，你既然要這麼想，我也不會阻止。說不定，還算幫了我的忙呢！」

他說著。

飛緣魔咻一下轉了回去。

背向還沒會意過來的人識、出夢及玉藻，往別墅的方向走去。面對他無法預期的行動，人識顯得狼狽。

「喂，喂！你這傢伙——到底是什麼意思啊！」

「沒有啊，估算出你們的可能性就是我本來的目的——現在，我要回去了。如果你們想要離開，就請便，但若想要繼續前進……嗯，下次見面的時候，我可不會留情喔。」

「你沒有用全力？」

一聽到出夢的質問，飛緣魔反射性地轉過頭。

「你覺得我有嗎？」

他回答。

「對了對了，我都忘了。這是我的僱主——直大人要我傳達給你們的留言。『高貴如我，這條高貴的命——只求動手之人，能用高貴的手法，帶走它。』」

「可——」

高貴的手法？

什麼啊？

完全被輕視了——本來與任務毫無關係的人識，竟被氣得牙癢癢的。

雖然看不到飛緣魔的表情，但想也知道，他臉上一定帶著笑意，而且說了這樣的話。

「請你們不要忘了自己當初的目的。你們是為了除掉直大人來到這裡，而不是與我為敵。最好是能夠避開我，但你們若想繼續，我也一定奉陪，只不過，我決不會手下留情。總之，若無意就此離開，那請到別墅來吧，孩子們。我——我們直木三劍客隨時歡迎，也請盡量讓放過你們的我後悔——你也知道，被困在這樣的深山中，其實相當悠閒。所以，我若是一個人在這裡霸占這難得的遊戲，一定會被泥田坊和煙煙羅給怨恨的。他們之前也為了這樣的事，吵著說要切斷師徒關係呢！」

真是的。

搶不到**食物**的怨念還真可怕——

「食，食物——」

「你們看起來相當美味啊！」

他毫不在乎地留下這句話便離去。人識和出夢無奈目送直木飛緣魔的背影。

追也不是。

更無力挽留他——

只能看著他離去。

玉藻依舊維持同樣的姿勢——甚至沒看飛緣魔一眼。沒想到在如此出乎意料的情況下，最冷靜沉著的，或許一直都是西条玉藻。

第二章

「去死還是去活？」

「這根本不算是問題。」

◆　◆

人識想起哥哥・雙識說過的話。

『我認為女孩的第一次親密接觸，修飾胸型的粉底——也就是胸罩，根本是人類的最偉大的發明。雖然只是個人意見，當然所有女孩子的內衣都是無法比擬的存在，其中那些因為自己的成長，而逐漸替換的衣物，更是有價值。這和男子從三角褲換成四角褲的過程是不能混為一談的。一想到年輕的女孩用不熟練的手勢從背後解開內衣釦的動作，我便興奮地忍不住全身的顫動。不過可惜的是，我至今仍沒有機會親眼目睹那畫面。現實無法滿足，我卻因此獲得了完美的幻想，所以是否能等價交換，讓我一睹為快呢？』

……不對吧。

我並不是要回想這段話。

『人識啊，你對失敗的看法是？』

這句話才對。

那戴著眼鏡，體格如同精密機械般完美，手持大剪刀的殺人鬼，有時也會對人識提出這樣的問題。

有一段時間了。

人識在那時候的回答，確實相當粗暴而不經思考——「誰知道啊！」「失敗就是失敗啊！」

雙識笑了笑。

『這樣話題就無法繼續了。』

他說。

『而且我認為失敗根本不存在於這世界上。失敗也不會是失敗——沒錯吧？』

與人識說話時，居然用『我』（註1）來稱呼自己，這代表當時一定不是私下在聊天，而是以一賊的身分出任務的時候。

什麼嘛，你還挺正面的啊！

人識回應。

總而言之，失敗為成功之母，你想說的是這個吧。

不過，雙識卻搖了搖頭。

『不是的，人識，並沒有你想像的那麼正面。』

像這樣。

『話說回來，人識啊，失敗是成功反義詞對吧？也就是應該要成功的事最後卻沒能成功，才會將它稱之為失敗。不過，你再進一步想想看。所謂的應該要成功——本來就應該會成功吧？』

不可能會失敗。

1　這裡的我指的是日文的「私」。

因為那是一定會成功的。

雙識看起來相當開心，繼續說了下去。

『成功不需要理由，而失敗都是有原因的——但我對這句話有完全不同的看法，甚至應該說是相反的吧？成功是有原因的，就因為欠缺那個原因，才會失敗——我希望能如此修正。也就是說，失敗是因為注定失敗的命運使然，所以那並不應該被稱為失敗。』

即使如此。

一切還是不如人願。

這個世界總是充斥著無法實現的願望，也沒有一件事能照自己的想像進行。現在想想，真不知道那時為什麼能夠如此理直氣壯地回答，但那一定是因為當時的狀況而造成的。總之人識就這樣加以反駁。

『不。』

面對這樣的人識，雙識開口道。

『願望之所以無法實現，事情之所以不能照著自己想像進行，以及所有的不順遂，全都是因為它本來就不可能成真，所以那結果也完全是照順序排列的——說真的，那也是一種成功。說得直白點，那是**成功的失敗**——就只是這樣。』

理所當然的結論。

該達成的事——就這樣完成。

這也就是成功。

『所以，當我們看到怨嘆自己失敗而可憐兮兮的人，應該要溫柔地搭著他的肩，然後像這樣輕輕在耳邊低語——沒事的，這樣的失敗以你的程度來說，算是成功啊。』

如果這就是事實。

的確不是什麼正面的話題——更何況，對一個因為失敗而怨嘆不已的人說這樣的話，肯定會被他給揍扁的。

說穿了，這對話的主題就是這樣——每個人的能力都有限，只要懷抱著超越自己本分的願望，結果肯定會是失敗。但不知為何，卻以極為迂迴的方式表現——而當時的人識一定犯下了什麼嚴重的失敗，所以雙識才會這麼說。是怎樣的失敗也早已淡忘，但那一定是雙識身為兄長，對自己弟弟的諄諄教誨。

也太難理解了吧！

不過，能看清楚自己的能耐，的確是人生中相當重要的課題。

人識再次體悟到這個道理。

直木飛緣魔——他，真的不一樣。

規格完全不同。

靜謐的力量，樸實無華的力量，無須傳達。所以飛緣魔是危險的，只能從確切的行動推測他的實力——光是那短短的接觸，就已經足夠。

山路只有一條，加緊腳步就能追的到，但人識、出夢、玉藻三人卻沒有這麼做。

如果是現在，三人大可再次集結起來從背後偷襲，發動攻勢——但他們沒有。

「應該要暫停一下比較好。」

出夢說。

「途中忽然現身，先不論形式，我們遭到了突襲——原本的計畫和心思全被打亂了，在如此的狀態下，不可能獲勝的。」

原以為他的心情相當激動，卻還能冷靜地發表意見。

「那傢伙，很有可能是故意使我們動搖的——所以我們應該重新擬定作戰計畫。」

他繼續說。

「我們已經很清楚飛緣魔是怎樣的角色——看樣子，就由我一個人上吧！」

「沒問題嗎？三人一起的勝算更大吧？」

「這次對方也是三個人喔！想要集中起來各個擊破是有困難的，更何況一人負責一位對手的效益較大。對方必須要擊退我們三人，但我們卻只要獲得兩勝即可，能有一個人接觸到玖渚直就行了！」

「原來如此，這確實是個好方法，輸了也不代表一定會喪命。」

只要能完成任務就行，這是殲滅主義的零崎一賊從來沒有的想法。

（又上了一課。）

人識心想。

「好，一到別墅大家就分頭行動。我和玉藻如果遇到飛緣魔就先逃走，與其他的對手戰鬥——是這樣沒錯吧？」

「就是這樣。我能夠理解大家都想要與飛緣魔較量的心情，但還是先交給我吧！」

——像這樣。

一個小時後。

零崎人識，獨自——成功潛入了玖渚直所在的別墅內。

其實沒什麼成功不成功的，宅裡本來就沒有任何監視錄影機或是感應器等設施，就連唯一具備防衛效果的鐵柵門也是完全敞開。

是邀請。

他們在歡迎人識這位刺客，如果能這麼說就好了。但事實上，就只是被小看罷了。

話說回來，是直木飛緣魔看不起我們？

又或者，打從一開始就是玖渚直的主意？

「呿……真是傑作。明明只是幫個忙——卻擺明地被當成小孩對待，就連以溫馴聞名的人識，都難得要火大起來。」

不想這麼直接從玄關進入。所以人識、出夢、玉藻在鐵柵門前分散，各自找尋其他出入口。人識繞道往別墅後方，用刀柄將窗戶敲破，進入室內。

不像是沿著山壁打造的建築，別墅十分「巨大」，好像也被稱作三角殿堂——玖渚機關的人好像把這裡作為藏書庫。別墅裡充滿了書本，藏書量幾乎是圖書館等級——而且，就連國家圖書館都沒有的珍貴書籍也被收藏在這裡。雖說是隔離，但對於喜愛閱讀的玖渚直來說，根本是優待至極。不過，本來就是形式上的軟禁，這種待遇或許剛好吧？

算了，這部分人識也管不著。問題是，在這偌大的殿堂之中——玖渚直真的存在嗎？

基本上，他幾乎沒離開過這棟別墅——緊急的時候當然有可能，雖然只是做做樣子，但隔離處置的規則（應該）還是存在的吧？所以，如果能避開直木飛緣魔——或是三劍客的任何一位，直接找到位置不明的玖渚直是最好的。「避開無意義之戰」這種觀念零崎一賊是沒有的，但這次，人識並不是以零崎一賊的殺人鬼身分行動。

「啊，對喔……即使我遇見玖渚機關的直系血親，我也不能動手殺了他，這畢竟是出夢的任務。所以要先想辦法使他昏厥後，再帶去和出夢會合……」

這部分還沒向玉藻說明，人識一邊搔著頭，一邊走在走廊的長毛地毯上（高級得讓人不敢穿鞋走在上頭）。

不對，就算說了，她也不一定聽得懂——真的很懷疑那位小學生，對於目前的情勢到底瞭解了多少。

一想起飛緣魔。早知道就像出夢所說的，應該把玉藻綁起來關在體育倉庫裡才是。總之，他正試著將手邊的那道門給打開。就在人識伸出手的同時。

褲子後方的口袋感覺有些奇怪，好像有人在撫摸自己的臀部似的。是哥哥嗎？不，他人不在這裡。那一定是出夢，他回頭一看，身後卻沒有人。再仔細地去感覺，原來是口袋裡的手機在震動。

「啊，忘了關機！」

一副電影看到一半才發現自己沒關機的樣子，人識一個人自言自語，然後將手機取了出來——這時候他才想起自己根本沒有帶手機，校規裡明文規定不能帶手機上學。

那這是誰的電話呢？

是說在這樣的深山裡，還收得到訊號——

「…………」

顯示的電話號碼（不知為何竟參雜著英文字母），人識從未看過，但就這樣擱著不管也不太對，於是，他按下了通話鍵。

「……喂？」

『這個聲音，』

對方說。

電話那頭的聲音傳來。

『你是零崎人識……嗎？』

是男是女，是老人還是小孩，完全無法分辨——彷彿男女老幼的聲音都混在一起般的合成音。

不過，人識對那聲音好像有印象。

而且是最近的事。

被零崎軋識給帶去的，那棟大廈，也是第一次遇見西条玉藻的場所。就在那裡，狙擊人識的『狙擊手』——不，她本人確實有說明自己不是『狙擊手』而是『軍師』——

『**那孩子**在嗎？』

合成音——『軍師』劈頭就問人識這個問題。

「……現在不在我旁邊。」

人識有些疑惑地回答。

一面環顧四周。

「但我們確實有一起行動——什麼嘛，讓西条玉藻跟著我，該不會是妳的計畫吧？那『小小的戰爭』還是什麼的，之前有聽哥哥說過——」

『不是的——看來那孩子報了自己的姓名。』

雖然是合成的聲音，但還是聽得出來她有些沮喪。

疲憊不堪。

『既然如此，我也無需拐彎抹角，直接用玉藻來稱呼她——零崎人識，玉藻沒跟你說吧？』

「啊？她只說了自己的名字，沒有透露任何有關你們的事。不過，我也沒興趣啦！」

『這樣啊，我也知道她不會這麼做……該怎麼說呢，我一直試圖找她，好不容易才聯繫上了。』

原來這是玉藻的手機啊。

如此一來就能夠解釋手機為什麼會出現在自己口袋裡。玉藻對這體積大又會定期震動的機器感到厭煩，所以才會趁人識揹她的時候（或許一邊在睡覺）將手機塞進他褲子後方的口袋。

『我知道……自己沒有立場麻煩你，零崎人識……』

『軍師』這麼說。

以對話的進行看來，她似乎相當心急。

『簡單來說，玉藻擅自從我們組織內逃了出去，然後待在你那裡。嗯，那孩子難得會對別人有興趣，這點我有特別注意到——不過，你好像具有不可思議的魅力喔。』

「別說了。總是被奇怪的傢伙給纏上，我可是很困擾的。雖然不太有人能理解我的煩惱。可惡！哪天我一定要找到一個和我擁有同樣煩惱的人。」

那種人不存在喔。『她』說。

『不過，我確實也為了玉藻的事感到困擾。說明白一點，我們所屬的組織紀律十分嚴謹——玉藻這次的舉動如果鬧大了，可是很麻煩的。』

「很麻煩？」

『沒錯——如果以學校來說，應該是退學處分。』

真是有趣的比方。

有必要特別用學校來舉例嗎？人識不解歪著頭。

『如同你所知道的，玉藻是個相當有能力的人材——而我也盡可能地想要好好栽培她，甚至擬定了十年計畫。所以，絕不能在這個時間點，如此不上不下的時間點遭到處分——這會為我未來的「策略」帶來阻礙。只要能毫髮無傷的把她還給我，大部分的條件我都會接受。』

「……把她還回去，我又沒有誘拐她！說真的，我還希望妳趕快帶她走勒！」

『別說的那麼輕鬆——想要把那孩子帶回去，你知道會有多少士兵會被撕碎嗎？』

「妳的用字正確嗎？」

『完全正確。』

也是，碰上西条玉藻，大部分的士兵都會被『撕碎』。

『更何況，如果動用兵力，玉藻逃脫的事實就會浮上檯面——我不打算採取大動作，但至少會做**最低限度的處置**——既然你就在玉藻身邊，由你來說服她不是最快嗎？』

「說得倒是好聽，她若真願意聽我的話，早就回去了！」

『因為情勢所迫，那關於控制玉藻的方法——我就告訴你吧！不過，請不要運用在不當的途徑上。』

「若真有這種方法，為了往後的日子，我是挺想知道的……不當用途？是能有多不當啊？」

『那……欸，欸，就那、那個啊，色、色情方面。』
「怎麼可能！」
還結結巴巴的！
你是國中女生嗎？人識吐槽回去。
『軍師』，尷尬地咳了幾聲，然後繼續說。
『那麼，零崎人識，你可以跟我說明目前的情況嗎？你和玉藻到底在做什麼？』
「啊啊。」
人識點了頭。
「我們和『殺之名』排行第一，殺戮奇術集團匂宮雜技團下任王牌•匂宮出夢合作，為了要殺害玖渚機關的直系血親•玖渚直，正準備和以直木飛緣魔為首的直木三劍客對戰。」
「啊……咦咦咦？」
反應比想像中激烈。
驚訝到話筒都出現了回音。
『匂宮雜技團？玖渚機關？直木飛緣魔？直木三劍客？等等，你先，等一下，這，是怎麼回事——』
「啊，不好意思『軍師』小姐。」
人識不停左右查看的視線，在走廊右方停了下來，視線的盡頭——轉彎處，反射出了人影。
在如此情況下的人影。
當然——是因為那裡有人啊！
既然如此。
「五分後再打給我——我必須先處理一些事。」
還沒等對方回應，人識就將手機的電源切斷，放回褲子口袋中，同時從袖口將刀子給拿出來。左右手各握著一把軍刀。
最近新買的兩件，設計精美，當然這並不表示使用的手感也會打折扣。人識認為，一把刀的手感才是其箇中奧妙所在。
「五分鐘？」
複誦著人識所說的話，一位穿著黑色帽T的男子出現了。不自然的身高，不自然的肌肉——從頭到腳相當不自然的男子。
綁著頭巾，遮住了頭髮。
手上還戴著露指手套。
「五分鐘就想打倒我嗎？國中生弟弟，你燃起了我的鬥志呢！」
聲音高亢——那男子說。
如同刮玻璃刺耳。
「……看起來不像，但我還是確認一下——你，是玖渚直？」

「我是直木泥田坊，直木三劍客中的一人。」
一邊說。
男子——直木泥田坊從上衣內側拿出了自己的傢伙。交叉的手腕前，那帶著手套的手，各握著一把大口徑的左輪手槍。
「雙槍客——直木泥田坊。」
「……專業的戰鬥人員居然使用手槍！因為我是國中生，所以就把我當白痴嗎？你以為用那種東西就能對付我？」
「戰士不能用手槍？我只能說，這個想法落伍了！現在就讓你親身體驗，教育兒童，是年長者的義務啊。」
聲音還是一樣高亢——泥田坊說。
槍口對準了這邊，看來是認真的，他真打算用那兩把左輪手槍戰鬥。
「是這樣嗎？」
人識吐了一口氣。
然後嘴角上揚地說。
「我來回答你的問題吧——剛才的確說了五分鐘，但請你不要誤會，我並沒有說是要用五分鐘打倒你。」
「啊？」
泥田坊歪著頭，人識繼續下去。

兩把刀子的刀鋒也和他的槍口一樣朝著前方。

「我要用五分鐘將你——殺死、肢解、排列、對齊、示眾，是這個意思。」

◆　◆

西条玉藻是一種現象。

就連傭兵養成特殊教育機關橙百合學園總代表·萩原子荻，也完全無法掌握她的心思，只能概略地猜測她的行動。放棄精神抑制，除了採取物理性手法外沒有別的辦法。

就如同這次，西条玉藻為什麼會從宿舍逃脫，瞞著子荻，偷跑到人識以汀目俊希的身分就讀的學校？其真正原因，恐怕只有天曉得。

沒有人。

就連她自己本身也不知道。

但肯定是為了某種原因。

對她來說，所有行動都有理由，卻也都不需要理由。目前，她確實對人識相當執著（依照觀察），不過，這也不會是她拜訪人識的真正原因。

本為大企業千金的西条玉藻。

與現在的特殊學校不同，她當然曾經就讀表世界的私立小學，存在於她自己的歷史中。

一開始，大家都叫她怪女孩。三天後，卻以火爆女孩來稱呼她——不過，如此細碎的小事，玉藻是不可能記得的。

那段經歷連本人都要遺忘了，而子荻也不太可能做出這種事，但如果她將玉藻的經歷跟別人說，多數人一定都會做出這樣的判斷——西条玉藻，她現在的人格是被那次的綁架經驗所造成的精神創傷影響。但事實上絕不是因為如此。

無法溝通。

沒有意志。

綁架，只能算是一個契機。

從很久以前，她就不是人類，而是同名的一種現象。她的存在就像是地震或是颱風，幾乎不可能與她溝通，而這就是結論。

反過來說，先不提那多餘的十年計畫，子荻無法放棄玉藻，其實是因為這個理由——那完全異於常人，脫離世俗軌道的女孩・西条玉藻，具超乎常識，與地震颱風同等級的戰鬥力。

西条玉藻，推測年齡十歲。

就連零崎人識和匂宮出夢在她的年紀，都還沒能擁有能參加實戰的戰鬥力——而現在，人識和玉藻的戰鬥力大致不相上下，考慮到年齡差，玉藻使用刀的技術可說是驚為天人。

西条玉藻是一種現象。

所以以她的視角為主的第一人稱小說是不成立的，運鏡方式，也永遠只能跟在她的屁股後頭跑。

別墅——在到達那三角殿堂後，人識和出夢以分頭開始行動，能夠當成潛入點的窗戶也多到數不清，但她卻遲遲沒有進入建築物內，只是在周圍不停地走著。而這麼做的理由，旁人無從得知——她自己一定也不明白。

最初，在人識和出夢決定分開作戰的時候，也從沒想過玉藻會按照作戰計畫行動。某程度上來說，這等同一種放棄行為。

不過，

他們一定也沒想到，在建築物周圍茫然徘徊的玉藻，竟然會突然沿著收集雨水的排水槽，爬起建築的外牆。像是在攀岩，又像是在爬單槓，身輕如燕的她——以忍者的姿態，即使是有點高度的牆，也輕易攀了上去。

三角殿堂有七層樓高。

玉藻爬到屋頂，大概花了三十分鐘。最後，一個迴旋，玉藻在屋頂上著地。

果然——在屋頂。

有一個女人，站在那裡。

強風之中，髮束飄逸——她的身體絲毫沒有移動，面對登上屋頂的玉藻一點也不驚訝，又或者像是一直在等著她出現似的，投以堅定的眼神——站在那裡。

「直木三劍客中的一人——直木煙煙羅。二刀流煙煙羅是也。」

她。

被繃帶裹住的雙手，左右各握著一把大刀，用刀尖揮毫——在難以保持平衡的屋頂，竟能乘著風，恣意舞動。

拖著長長的衣擺，她穿著有如婚禮的主角的純白洋裝，與站在屋頂上的姿態和手中的武士刀有著極大的反差。不過——煙煙羅像是在告訴天下人，就是要真實的做自己一般，在風中屹立不搖。

一般人即使用雙手都難以支撐的長度，那兩把刀卻如同她身體的一部分，甚至連刀鞘都不需要。

就這樣露出了鋒利刀刃。

「妳啊——」

煙煙羅面帶詭異的微笑，不懷好意地對玉藻說：

「是唯一察覺到飛緣魔的人對吧？乳臭未乾的孩子——呵呵，而我知道妳也一定能發現我的存在。」

玉藻不回應。

真的有在聽嗎？到這個時間點還沒認出她是誰嗎？又或者只是視而不見？

煙煙羅一副相當失望的樣子。

「喔，無視我嗎？」

她吐了一口氣。

「看妳一派輕鬆——我其實也不在乎，說什麼要保護玖渚機關的直系血親，我還以為是個很刺激的任務，沒想到卻悠閒的可以——反正只是消磨時間的遊戲，不管妳說什麼，或是直接無視我，我都不打算多說什麼。」

玉藻依舊保持沉默。

緩緩轉向了煙煙羅。

接著將手伸進體育服內側，拿出了自己的武器——那也是一把沒有外鞘的刀。兩把刀被緊緊地裹在胸前的襯衣裡——就算是西条玉藻，也不可能赤手空拳地逃離橙百合學園。話說回來，用那種方式收藏刀具，光是摔倒就可能因失血過多而死吧——而這種常識對玉藻來說完全不必要。

與她的身體不成比例，刀身既厚實又具有分量。

當然，長度比不上煙煙羅所持有的武士刀，但在厚度方面，則是略勝一籌。

茫然的眼神。

那抑鬱有如空洞般的雙眼。

玉藻看著煙煙羅。

她也感受到了。

「那麼，開始吧！」

她說。

「我會使出全力，對妳一無所知，但也不會追問妳是受誰之託——同為戰士，就讓我們單純的享受戰鬥吧！呵呵，話先說在前頭，妳該不會以為自己年紀小我就會對妳溫柔些吧？」

「……溫柔？」

突然。

玉藻開始重複這句話。

眼神依舊茫然。

雙眼依舊空洞。

直盯著——煙煙羅看。

「妳在說什麼？我可從來沒見過……看我年紀小就手下留情的人喔。」

這是……

這是本篇故事的中心人物，第一次與他人對話成立，同時也是西条玉藻唯一的一句臺詞。

西条玉藻是一種現象。

但不要忘了。

她是具有思想的現象。

第四章

「何謂強大？」

「當你能夠無須去思考這問題。」

◆　◆

「哥，現在怎麼辦？」

「還能怎麼辦？事已至此，我們也只好照辦啊——乖乖聽話吧！反正我們也只能這樣活下去，苟延殘喘活下去啊！」

「哥最近玩太凶啦，會被盯上也是難免的。不過換個方式想，也許是因為我們很被看好。」

「你是想安慰我嗎？真羨慕妳這傢伙可以如此無憂無慮。才沒有人看好我們呢——打從出生開始。現在也是啊，被捲入這樣艱鉅卻毫無意義的實驗裡。殺害玖渚機關的直系血親，本來就只有零戰特攻做得到吧？對手還是近來蔚為話題的直木三劍客？斷片集的那些人根本是想要我死！」

「我才不希望你死呢！」

「妳不說我也知道——我和妳是一心同體。妳是『軟弱』的代表，而我則是『堅強』。將這一體兩面分解，反而會衍生出矛盾的無。私底下跟妳說，斷片集——大概不用一年吧，我本來就打算要把他們給殲滅，總不能永遠被那些低等的傢伙看不起。而被稱作下任王牌也不能得意，要趕緊成為當期的王牌才是——尤其像是這次這種惡質的任務，更要想辦法克服。」

「不過，哥哥，該怎麼做呢？一個人要對付直木三劍客，會有點勉強——根據我的調查，那些人，特別是直木飛緣魔，他可不是什麼簡單的角色。雖然沒有經過証實，但從年齡推算，他和五年前的『大戰爭』一定有關係——」

「我們上一代的戰士，幾乎都和『大戰爭』有所關聯，只是程度大小的問題。」

「如果能再多蒐集點情報就好了，時間本來就太過急迫。」

「就連時間也是斷片集那些不懷好意的人所定下的。真是的，疑心總會出暗鬼啊！」

「哥——你還記得嗎？」

「啊？什麼？」

「我出生時的事。」

「早就忘了啦——啊，呵呵我想起來。在那之前的我跟個行屍走肉般，是妳救了我。如果妳沒有出生，像我這樣失敗中的失敗——不，無需說得那麼好聽，我只不過是個失敗品，所以在某程度上來說，妳的『軟弱』剛好拯救了我。」

「哥。」

「嗯？」

「怎麼辦？」

「還能——怎麼辦？不過，一個人實在太吃力了，對了，看來也只能去找人識幫忙。」

「嗯？」

「人識啊——零崎人識，我會玩瘋有一大半理由也是因為他，必須要他出來負責吧？」
「……零崎人識，那個殺人鬼？他會幫忙嗎？」
「是妳判斷一個人對付他們三人會很吃力的耶，理澄——所以我決定相信妳。」
「嗯……」
「剩下的就交給我吧。有關這任務的情報，還有人識，都把它從記憶中消去。妳是個什麼都不知道的又無力的一名偵探。」
「我是個什麼都不知道又無力的偵探。」
「什麼都不知道。」
「什麼都不知道。」
「如果我死了，妳知道該怎麼做吧？」
「如果哥哥死了，我知道該怎麼做。」

◆　◆

如同人識的推測，出夢現在的心理狀況，與其說是緊張或謹慎，還不如說是猶豫比較貼切。
認為自己是失敗品的出夢，他的心靈層面極不穩定而脆弱——易碎，從一開始重心就是歪斜的。平常亢奮的表現，當然稱不上穩定，而應該說是失衡——更何況，在他被人為的**打造成**女體男心的同時，就已經不可能擁有什麼平靜的身心。原則上，匂宮出夢，『他』如果沒有那個『她』，妹妹匂宮理澄，根本不成立——說實話，若失去了『她』，整個匂宮雜技團，又或者斷片集，就連出夢本身都不知道自己會變成怎樣。

不懂得調節，機器也會燒壞的。

無法抑止高昂的情緒。

無法控制自己。

或許，本來就不具有控制的意識。

出夢『堅強』的精神。

她的精神建立於『堅強』之上，還是由於那精神力，才造就了他的『堅強』——無法判定，不過。

就算為此感到緊張或慎重——也不會是他猶豫的原因。

目前——

潛入三角殿堂，一個人走在走廊上的出夢，之所以會感到猶豫，絕不是因為精神上的不成熟。

「…………」

他看起來相當不悅。

眉頭深鎖，持續探索著四周，而擾亂他心思的不速之客——正是那殺人鬼。

零崎人識。

「……嘖，可惡……啊啊啊啊啊啊啊啊啊，有夠煩人的啦——」

平常就無法控制情緒的出夢，很難得的知道自己煩躁的原因——這也是為什麼現在的他會如此激動。

「……喝！」

他一拳往牆上打去。

大部分的時間都被拘束衣給封印住的實力——牆壁應聲凹陷。只要他願意，即使是這偌大的豪宅，也能在一天之內變成廢墟。

在妖怪等級的出夢眼中——根據『妹妹』的調查，直木三劍客之中，就屬直木飛緣魔最需要注意和警覺。

如果出夢是妖怪，那飛緣魔就是怪物。

實際在山路上經歷了有如自我介紹般的衝突——那預感已變成了真實體驗。

但是，

「我從什麼時候開始，變成一個會向別人求助的人呢……？」

難以言喻的感受——

出夢終於將它說出口了。

一切都是在體育倉庫裡發生的。

穿著學生服潛入人識就讀的中學，在向他傳達自己的意圖、任務還有目前的狀況

——就在那個時候。

人識接受了出夢的請託。

恍然大悟。

（咦？）

（怎麼回事？）

像這樣——

心，悸動了。

啊啊。

原來那時候理澄想要說的——就是這件事。

不過已經都過去了。

發現的時候就已經太遲了——那是在他說完請求，人識答應之後。

他絲毫沒有半點猶豫。

馬上就回答。

臉上一副覺得很麻煩的樣子——但那殺人鬼理所當然地答應了出夢的請求。

突然。

匂宮出夢——覺得很安心。

「畜牲**！**」

那種安心——令人不悅。
（我什麼時候變得那麼弱啊？）
第一次真心的與他人接觸。
第一次真心的與他人相處。
第一次尋求他人的幫助。
第一次渴望真實的友情——
怎麼這麼脆弱？
這是退步嗎？
匂宮出夢一直都是『堅強』的代名詞，強硬地將所有實力凝聚於自己的軀體中。這就是他的存在，也是他的存在意義。
絕不需要他人的力量。
如此微小的自己所邁向的殺手之路——應該是一條又細又長的直線。
怎麼會出現了分歧點？
那——三岔路口。
心理扭曲的出夢，唯一的精神支柱應該就只有她妹妹，那『弱』的象徵，匂宮理澄。
「應該是這樣的啊！」
再一次，他朝牆壁揍了一拳。

這次的力道又更強了。

他甚至認真考慮，乾脆就像這樣破壞這間建築物，然後逼玖渚機關的直系血親現身。

明明只是遊戲啊！

零崎人識，是匂宮出夢的玩伴——對於一位殺戮中毒者，不殺人就會精神崩潰的出夢而言，玩伴也就是像玩具一樣的東西。

在雀之竹取山相遇。

兩人隨即展開了戰鬥。

第一回合，人識獲得了勝利。

緊接著第二回合。

這次出夢壓倒性地打敗了人識。

但事實上，在第二回合結束後——兩人就再也沒有認真動手過。

之後的戰鬥，都只是娛樂，抑或是陪著戰鬥技術尚未熟練的人識練功。

所以。

不過是打鬧。

從未經歷如此像是調情般甜蜜的殺戮。

自從相識已過了半年。

卻只動手了兩次……？

這個事實，對出夢來說是個極大的衝擊。

意識到的當下——那衝擊難以言喻。

更何況在出夢的身邊——被當成玩具的那些人，**幾乎無法保住性命**，很快就會遭到殺害——又或者，早就逃之夭夭。

人識卻存活了下來。

這其實不算什麼。

出夢本來也會刻意留下一些目標。

他們對出夢來說算是起點——就是有那些對象，自己身為殺手的職業才有存在意義。

尚未攻破，所以必須繼續殺戮。

那只能算是一種規則。

但——**零崎人識卻沒有逃走。**

即使不停抱怨出夢的所作所為，卻也不打算改變現況——零崎人識不論在『殺之名』排行或是零崎一賊間都算是個例外，竟然持續在普通中學就讀。對於出夢，他既不躲避也不打算遠離。

第一次遇到這種傢伙。

他甚至會滿足出夢的殺戮慾望——維持與人識的關係，那些無意義的遊戲，出夢展開殺戮行動的機會大幅降低了。

不過，出夢並不打算改變自己。
心儀的遊戲對象。
心儀的玩具。
這是他對人識的解讀。
本應該——是這樣解讀的啊！
什麼友情、戀人關係，只不過是逢場作戲。
因破壞衝動和殺戮衝動而成立的自己，怎麼可能與他人產生羈絆呢？
所以——沒有發現。
不知不覺。
不知不覺中所產生的羈絆——
那脆弱的自己。
「……不可能。」
直木三劍客呢？
直木飛緣魔呢？
玖渚機關呢？
總不能置之不理吧？
自己不是一個，越是走投無路越能燃燒鬥志的人嗎？——遇到困難，身處逆境，才正能發揮自我價值的瘋狂殺人鬼啊！笨拙的性格，任務越是艱鉅，自己越是投入不是嗎？

外人難以接近的磁場，一觸碰就會使人受傷的傲氣。

只要引燃導火線——那有如炸藥般的存在，不是自己最嚮往的嗎？

但、但又是為什麼——這樣的自己。

卻會向朋友求助——

自己有生命危險，救救我吧？

怎麼會——如此平凡。

一點也不猖狂。

一點也不失控。

這麼一來——對強大的追求也沒意義了吧？

汲汲營營又有什麼用？

如果自己變成這樣——理澄又該怎麼辦？

無顏以對啊——

「…………」

即使如此。

即使事實已擺在眼前——人識帶來的助力、鼓勵、還有安心感仍無法散去。

應該是——能夠拒絕的吧？

將非自願的人識強行帶走，自己本來是這麼想的吧？——出夢開始做起心理分析。

不過，人識可以說是自願地跟了過來。

那當然會令人感到安心啊！

所以，趕緊找了理由說要分頭行動——卻不打算把他趕走。

還說什麼分頭行動對任務的達成比較有利，這種合理的理由——自己應該是一個追求不合理的殺人鬼啊！

那種瘋癲。

那種獨特。

到底跑到哪裡去了呢？

現在的出夢被稱為羈絆的拘束衣給束縛著——在這樣下去，不用多久便動彈不得，即使完成了這個任務，身為殺手也沒有未來。失敗品會遭到處分。

自己的事就算了。

反正也自作自受。

是在無意中為情淪陷，還向人請求幫助的自己不好。

但是理澄——妹妹她……

不——『軟弱』的代表理澄一旦失去了『堅強』的代表出夢，不需要受到處分，就會消失不見……

「呀，可能性。」

像這樣。

如同在山路上相遇的那次，突然——沒有一點感覺，沒有一點預兆。

直木飛緣魔現身了。

在樓梯的轉角處。

結束了一樓的搜索，正準備走上二樓——又不是走在山中小路，飛緣魔像是完全摸透了出夢的行徑般，站在那兒等著他。

飛緣魔。

他依舊用和緩溫和的態度——俯視著出夢。

「分開行動啦？真是個賢明的決定——啊啊，可不是一生懸命的懸命喔！而是形容聰明的賢明？當然，我是在誇獎你——」

「……完全是上對下的角度啊！」

出夢。

說話的口氣彷彿像是將心中所有不悅全都發洩在飛緣魔身上似的。

「當然，這並不是因為你站在樓梯的上層。」

「不要那麼凶嘛，可能性。我再怎麼說都是教導人的角色，無意識中語氣可能會像是在說教，還請你多包含囉。不過——」

看似毫不在意，飛緣魔繼續說。

「你的同伴們，好像已經被我的徒弟給逮到了喔！顏面刺青小弟是泥田坊……那怪女孩，應該是煙煙羅吧？呵呵……本來是希望她能由我負責啦。」

「所以對手是我讓你很不滿囉？」

「不不，我並不是那個意思——別那麼敏感，我也看得出來你比她強很多……我的個人建議倒是希望你能稍微收斂一點，將自己的強大隱藏起來。散發出那樣的氣場，沒有人會對你鬆懈的。」

「不需要你瞎操心，又不是你的弟子。那些道理我才不會聽呢！但你也是個奇怪的傢伙——這個世界的人，通常不會輕易地把自己的本事交給別人——更不可能收什麼弟子。」

「這樣啊？我其實沒有意識到這些。」

「……鬆懈啊。是啊，大多數的人在你面前可能都會失去戒心——你是如何辦到的呢？令人完全感受不到強度——如果沒有事前調查，並對那結果抱持**絕對的信賴**，即使剛才被你一擊震飛，還是對那異樣的實力缺乏實感，難以置信。」

「我具有異樣的實力？可能性近乎於零吧——不過只是還好而已。」

他說。

然後從樓梯的轉角處跳下一層階梯。

態度沒有一絲緊張、慎重，更沒有猶豫。

「我之所以想要和那怪女孩交手，並不是我認為她比你強——只是覺得她比較『高』罷了。」

「比較高？」

「嗯，我是指可能性。」

飛緣魔說。

「所謂的殺氣或是鬥志，並不是曖昧難辨的東西——並沒有散發出什麼氛圍或是空氣的流動，她卻對**原來的我**產生了反應。在我看來，那可能性有趣極了——不過，也可能非常棘手。」

和緩。

飛緣魔——平穩地繼續說下去。

「還想再多觀察一陣子，然後——按照情勢，親手解決她也不錯。不過，殺了小孩可能會失眠一陣子吧！」

「失眠一陣子？你才不是那種新手，你這傢伙——你明明是個能夠毫不散發殺氣，卻輕易取人性命的傢伙吧。」

「對於這世界上的人來說，是種美德吧？單純依靠殺意動手，恐怕只有零崎一賊做得出來。」

「什麼？」

如果。

現在說出他口中的『顏面刺青小弟』就是零崎一賊的人，他會有什麼反應呢——排名第三，卻是『殺之名』中最引人忌諱的殺人鬼集團，而那個人現在竟成了刺客。聽到這個事實，即使是飛緣魔也會感到動搖吧？

一旦感到動搖，自己便有機可趁。

出夢想了想，很快地放棄了這個想法。

恐怕沒有任何效果。

若是整個集團的零崎也就算了——但他不像是個會懼怕零崎個體的角色。況且，如果他自己估計錯誤，搞不好還會惹來更激烈的反擊。

絕對——不是想要掩護人識，也不是因為不想要靠出賣他的手法作戰。一切只是因為毫無意義——放棄那個想法吧！

本來就應該這麼做。

「不過。」

出夢保持沉默，飛緣魔則是又下了一格樓梯。

「若由煙煙羅探尋那孩子的可能性——那你呢？欸……啊！還不知道你叫什麼名字耶？」

「匂宮出夢。」

隱瞞人識的身分，出夢很乾脆地說出了自己的名字。沒有人逼迫他——但驕傲的報上自己的名諱，在這個世界算是基本禮儀。雖然還是有無識禮節之徒——但至少出夢有刻意的去遵守。

「匂宮？喔，原來是匂宮雜技團啊！」

沒有太過驚訝。

不出所料——不，就算沒有事先預測，得到的回應頂多就是這種程度。
飛緣魔——精神層面難以撼動。
就像是一根柱子。
紮實地咬著地面——屹立不搖。
「原來如此，難怪你的強大那麼**不自然**——你是喜連川博士的作品吧？」
「啊啊？」
喜連川？
從沒聽過的名字。
如此的疑惑一定從表情反應了出來。
「喔？」
這下換飛緣魔感到困惑。
「什麼嘛，你居然連親身父母的名字都不知道——不對，應該說是養父母……啊哈哈，應該說是製造你的生產者吧？」
「…………」
確實從沒聽過也絲毫不在意。
像這樣製造出匂宮兄妹的『那個人』——既然有他們兄妹和『斷片集』，當然，就會有那號人物的存在。
不過——那不可能指的是單一個體吧？聽他的口氣，喜連川這個人，像是什麼萬物的製造者。

「不是這樣喔！」

飛緣魔解答了出夢心中的疑問。

「只有系統是喜連川博士做的——但依照你的年齡，應該只是個見習生吧？更別提要刺殺玖渚機關的直系血親，肯定會失手的啊！你是這刺客團的主謀嗎？」

「是有很多內情啦。不過如果幹掉我，還有『顏面刺青小弟』，你們直木三劍客可會因此聲名大噪的！這點就不需要你擔心了。」

一點都不想知道。

自己的『製造者』，出夢將此人物從頭腦中排除，語帶挑逗地說。

「我對出名可是一點興趣也沒有。我的工作很簡單——探索可能性，並且盡可能的深究它，就只是這樣。」

意思是在說——保鏢這工作只能算是副業嗎？

又一格。

飛緣魔持續往下。

慢慢的——不著痕跡，距離逐漸縮短。

看樣子飛緣魔早就開始了戰鬥——出夢也是一樣，但比起進入備戰狀態的他，飛緣魔只是將自己置身於戰場之中，兩人對情勢的認定還是有差別的。

華麗的強大與樸實無華的力量。

從開始的基準點就完全不同。

無法探究好壞——就目前的情況來討論。

那一方比較有利呢？

就算沒能占優勢——較有利的又是何者？

「當然，出夢君，我認同你的可能性——不過，即使如此，你好像高估了自己的能力。分頭行動是正確的！但在你找到我的瞬間，就應該立即逃開不是嗎？」

「我對其它兩個人是這麼說的。」

「你也不是例外，剛才一起上的時候都輕易被我彈開了。」

「別開玩笑了！你以為我沒有發現嗎——那不是因為我們三人的力量都不及於你，而是**三人同時發動攻擊所以才會失敗**。」

刻意沒有對人識及玉藻說明——即使是事後出夢也不打算多說什麼。在飛緣魔離開不久，他就理解了那個現象。

那個瞬間所發生的事——他完全弄明白了。

飛緣魔的把戲。

一清二楚。

「那時你**什麼都沒做**——對於我們的攻擊，既不閃躲也沒防備，只是很單純的——『接受』了三個人帶來的衝擊，任它們相互排斥。」

出夢對上玉藻、人識。

人識碰撞出夢、玉藻。

玉藻再排斥人識、出夢。

各自——互相攻擊。

其實沒有發生任何狀況——簡單來說，你只是誘導我們三人出手，引起內鬨罷了！

當然，事情並不是那麼單純。

讓自己身處颱風眼的位置，就像是將自己全力扔進暴風圈之中——若不是熟知施力的方法並清楚掌握力道的流動方向，絕不可能輕易做到。

「哈，我只是怕麻煩啦！懶得自己出力，所以才借用了你們的力量——呵呵，但如果單獨一人，可就無法使用這個招數囉！」

沒錯。

這才是分頭行動的主要原因。

團體攻擊的話，所有的力量都會被分散並反彈回來——相互抵消，無法造成任何傷害。

先不管泥田坊與煙煙羅，單獨和飛緣魔對戰是正確的。

沒錯。

沒錯！

自己絕沒有貪戀人識所帶來的安心感而迷失方向，目前的判斷——理由再正確不過了。

絕不能發生那樣的事。

那——絕對不是藉口。

「力量的可能性能夠隨意改變——上下左右前前後後的——任憑你自由的擺布。」

手法雖被看穿了，飛緣魔卻表示出一副從未想要隱瞞的態度，微笑著。

「所以我的力量是安靜的——但這不代表我不具任何實力喔！都是因為太麻煩了——接下來，我就會證明這一切，用你的肉體。」

「你這說法也太猥褻了吧？」

出夢說完——做出了準備。

比例過長的雙手像是孔雀開屏般展開。

準備姿勢相當獨特。

「殺戮——一天只有一個小時，但之後我還要殺害玖渚機關的直系血親，所以，絕不能在你身上占用太多時間。非常不好意思，目前的我更陷入了前所未有的煩躁狀態，如此軟弱的部分一直都是由我妹妹負責的——今天，我就要你承擔這一切，直木飛緣魔！」

看著出夢的動作。

飛緣魔毫無反應。

理所當然似的——就像是在自己家中，輕鬆愜意地走下樓梯。

不過。

還沒來得及等他踩到臺階，出夢有如怒濤般——化成一顆炮彈衝上樓梯——朝著飛緣魔的身體猛烈襲擊。

「我乃殺手，委託人即為秩序！十四的十字纏繞於身，由我完成使命！」

「你試試看啊？」

直木飛緣魔。

輕聲——回答了他。

◆　◆

同一時間。

抵達了三角殿堂所在的山邊——那改裝招搖的越野摩托車，才終於停止了引擎的轉動。

沒有穿著騎士衣，頭上更沒戴安全帽。騎著摩托車，一路在玖渚山脈的唯一對外道路奔馳的女人，一下車就拿出了手機——疑似手機的通信器材，像是在確認對方的位置般。

「嗯，我已經到了。」

前提什麼都不說，單純以事務性的口吻作了回報。

「沒問題，已經掌握了大概的狀況——然後呢？我該幫助誰才好？」

第五章

「人死後到底會變成什麼啊？」
「我想什麼也不是。」

◆ ◆

『三劍客』。

原題・Les Trois Mousquetaires——著名的法國文學作品。一八四四年所發表的作品，小說家亞歷山大・仲馬的代表作。為了與同為作家，以《茶花女》一作聞名的親生兒子作區別，多稱為大仲馬。

在日本是相當出名的浪漫歷史小說經典——不過對於零崎人識和匂宮出夢，抑或是西条玉藻來說，就算知道那是小說名稱也未必看過其內容。

但如果要怪罪他們書讀得少又太過嚴格——如果要責備他們不知道阿托斯、阿拉密斯、波爾多斯就是三劍客的名字，更甚至是「劍客」一詞的意義，在如此情況之下，或許太殘忍了些。

先不論他們的年紀，即使是現代日本，還是有很多人會談論起「三劍客」的故事——而這作品的知名程度即在於沒有讀過這本書的人也一定聽過它的名字。

不過。

如果閱讀這本書，能提高他們這次任務的勝利機率，在敵人被稱為「三劍客」的同時，就應該為了那名稱的緣由而先看過這本書才對。至少，這是比調查飛緣魔、煙煙羅和泥田坊這類妖怪名稱更有意義的行為。

這都是因為——

◆　◆

零崎人識陷入了苦戰。

「──喀！」

躲過子彈。

閃避由直木泥田坊的雙槍所發射出的子彈──這本身沒有任何難度。身為專業的戰鬥人員，子彈根本不是什麼值得畏懼的東西。而閃避子彈的功力，更是取得『殺之名』排行不得或缺的技能。至少，人識周圍的人是這樣教導他的。

至於為什麼大家都不使用火藥類的武器，第一，它**完全違反了美學**。不用自己的肉體接觸，換言之沒有憑著自己的力量而使用武器，本來就勝之不武──就是這樣，這美學或許有些不成熟，但若沒能遵守這樣的規則，還要賭上性命戰鬥，人類是做不到的。半調子的世界，就是需要半調子的美學。雖然像是闇口濡衣這樣，與美學一詞八竿子打不著又厚顏無恥的瘋子也是存在的──而第二個理由。

這因素更是重大。

也就是說，對於擁有強健肉體與人類感知的戰士，那開槍的動作──拿著槍，瞄準，扣住扳機然後發射。如此的動作，根本就是在浪費時間。強大的戰士們的拳頭可是擁有與子彈相同，更甚至超越子彈的威力，完全不需特別武裝。若對方真願意這麼做——願意悠閒地露出破綻，當然也是求之不得。在他拖拖拉拉的準備時間，就已經能預測發射的軌道，子彈發射後又只會朝著單一方向飛行，如此的攻擊，根本無需畏懼，只要閃過子彈就好。即使對殺意的敏感度不及零崎雙識，但正面對決就一定沒有問題。

必要技能。

奇妙的名稱。

若真要談起它的可怕之處，頂多就是子彈的射程範圍——不過，對於近距離就能致人於死的他們而言，需要警戒的是遠距離的攻擊。

所以，至少在這鋪著地毯的走廊，僅僅數公尺的距離短兵相接，哪怕是雙槍，又或者三槍甚至是百槍也不足以畏。

人識是這麼想的。

但——

「怎麼啦?顏面刺青小弟——光躲避是無法分出勝負的喔!」

泥田坊一邊說，一邊扣下扳機。

大口徑的槍管噴出火花。

不過子彈——沒有瞄準人識。

並非目標物。

子彈只是阻擋了他的退路。

「……」

預測了逃走的方向，他不斷地開槍——但情況也不是這樣。完全不去瞄準，隨機選擇了幾個位置就發射子彈，人識因此亂了手腳，為了閃避子彈，不斷被誘導往它的**反方向移動**。

也就是利用子彈設下陷阱。

（兩步——）

（不，他已經推敲出我的第三步動作。）

如果是這樣，倒還希望他胡亂開槍——若是算好時機，行動路線就會被看穿，動作也會因此變得單調，更極度耗費集中力。

而子彈若只是陷阱。

接下來——重頭戲才要登場。

「要來囉！」

近距離。

手持兩把槍，卻縮短距離逐漸逼近——然後握住槍柄開始出拳。

拳拳都往人識身上打。

「……唔！」

（直木泥田坊——）

（這傢伙才不是什麼槍手——）

這傢伙根本是個拳士！

當人識發現這一切，卻也中了對方的計謀，身陷困境。

無法抽離，越陷越深。

不只握著槍柄的拳頭，當然也少不了腳踢肘擊，有時候還會將槍當做鈍器——直接用槍柄攻擊。

顧著躲避的同時，卻已不知道挨了多少下拳——每一擊都傷得不輕。遭到毆打的部分，都像是被炙熱的刀刃直擊般發燙。

如果只是平常的戰鬥，只要縮短距離，就能展開反擊，不過這次卻不同——一旦向他逼近，又是一陣拳打腳踢。

陷阱、恫嚇、牽制、輔助，子彈雖然只有這樣的功能——卻依舊具殺傷力，若為了閃避它而分心，好不容易取得的距離又會被拉近。

（原來如此。）

（還有很多不同的——作戰方式。）

人識這麼想著——他開始維持近距離，不刻意閃躲，和泥田坊打攻防戰。手上的兩把軍刀早就不知道到哪兒去了。拿著刀會受到限制，為了判斷拳擊手・泥田坊難以預料的動作，只好放棄了它。至少現在的自己——還不是能持刀面對他拳頭的等級，丟下刀，身體也能輕盈些。

「我與哥哥不同，丟下武器並不會比較，強！」

這不是因為技術上的不足。

反而算拿手也說不定。

捨棄刀刃，完全集中於武術的情況下，人識躲過了泥田坊的猛擊——這時，零崎一賊的異端，才終於能一展身手。這本來也算是這半年來持續與出夢交手的成果——藉由與出夢的關係，最近人識的戰鬥能力進入了另一個層級。

不過，苦戰依舊。

雖然暫時穩住了陣腳——但如此狀況若繼續，仍究無法改變劣勢，就連體力基準，無論怎樣樂觀，都難以克服年齡與體型上的差距。若不趕緊想想對策，人識是毫無勝算的。

如果只是輸給壓倒性的暴力也就算了，目前的情況卻是最棘手的，或者應該說，泥田坊是故意製造出如此的現況——留心於保留戰力，退一步而不去趕盡殺絕。

他有所保留。

不過看來他也不打算打安全牌——與其說是保守，還不如說他冒了一些風險，只為了求得更確實的勝利。

「我的名字，啊，當然是源自於那有名的妖怪——」

他說。

一面發動突擊，一面像是看穿了人識的心思，那用槍的拳擊手繼續說。

「與其說是因為妖怪的屬性，我倒覺得是因為自己追求那百分之一百的絕對勝利，如同爛泥般甩都甩不掉的個性才會有如此的稱號——直木泥田坊！」

「哼……在我這個世代——那種稱號，早就落伍了！」

只差一步。

距離泥田坊踏入我的攻擊範圍，只差一步。若是能進入近身戰鬥，目前好似隔牆作戰般討人厭的感受就能稍微去除——不過在人識看來，他那不像話且死纏爛打的手法，那一步實在太遙遠了。

都是因為手槍，赤手空拳的話，人識就能再往前跨出一步——

（這麼說來——）

（也只能等到子彈用盡的時候。）

為了不讓他獨占鰲頭，人識下定決心。

兩把左輪手槍——一般來說，左輪手槍的裝彈數量會比自動手槍來的少，但他之所以會選擇左輪手槍，應該是因為故障率較低。如果要以手槍當做搏鬥武器的話，在維護上肯定要花比較多的時間。

這，不過都只是推測。說不定是為了其他的理由——直木泥田坊左右兩把手槍，裝彈數個為六。開槍後彈殼會彈出，所以能夠斷言。

共十二發。

回想起泥田坊目前發射了多少發子彈——對自己的記憶力雖不是很有自信，但冷靜下來思考，應該不難計算才是。

持續與他的攻防戰，人識在記憶中搜索。

一——二——三——

……四？

「欸……怎麼還剩下一半以上。」

抵擋著他的拳頭，但那衝擊依舊貫穿體內——人識已經受夠了。

十二減四等於八。

還有八發——而且自己仍需不停閃躲這誘導式的陷阱——

「這種事，誰做得到啊——怎麼看都是傑作啊！」

零崎人識——陷入了苦戰。

◆　◆

另一方面，西条玉藻倒一點也不辛苦。

不過，她與人識的前提本來就完全不同——對她來說，根本沒有苦戰的概念。十幾歲的小丫頭就取得了狂戰士的封號，所謂的『辛苦之戰』或『苦難之戰』——對她來說什麼也不是。

狂戰士。

如同字面上的意義，玉藻在戰鬥時幾近瘋狂。

換言之，她也熱愛戰鬥。

戰鬥之神，狂熱及偏執地深愛著她。

那是一個無論你如何的鍛煉自己，又或者如何的辛勤努力，都無法輕易到達的領域——才能之類的言詞用在這裡再適合也不過了，唯被選上的人才有資格進入。

殺人鬼・零崎人識和殺手・匂宮出夢——甚至是軍師・萩原子荻、人類最強・哀川潤還有即將誕生的人類最終・想影真心，都還不屬於那個領域。

他們都有經歷過，屬於他們自己的苦戰。

痛苦——辛苦之戰。

所以才是殺人鬼，所以才是殺手，所以才是策師，也所以才是人類最強，所以才是人類最終。

玉藻則不一樣。

她不會痛苦也沒有痛楚。

被選上之人。

又或者。

是放逐者的領域。

那領域——完全獵奇。

不論西条玉藻是否有這種觀念，但如果她真有所謂的生存價值，那無疑的一定會是戰鬥。這和殺意或是殺戮中毒不同——殺人與否對她來說都是次要。

重點。

玉藻只需要戰鬥。

除此之外，沒有什麼痛苦不痛苦。

一如往常——**不論對方是誰？場所在哪？全都一如往常的用相同方式面對。**

即使是三角殿堂的屋頂。

對手是否為直木煙煙羅。

她還是一如往常的用同樣方式面對。

支離破碎——一刀刀劃下去。

「飄——飄啊——飄啊飄！」

該說是理所當然嗎？

論技術，肯定是煙煙羅獲勝。

壓倒性的勝利。

玉藻身上的兩把刀子，確實抵擋了武士刀的二刀流攻擊——何止如此，煙煙羅竟無法抹去自己處於防守姿態的印象。

「可——啊啊，真是的！」

事實上，煙煙羅相當憤怒。

焦躁的心情全寫在臉上。

「為什麼啊——妳的動作也太噁心了吧？」

直木煙煙羅。

煙煙羅和泥田坊一樣，同屬妖怪名——但她的情況，是基於如煙般難以捉摸的刀法，將對手玩弄於股掌間的風格，還能處在悠然對戰的精神面而命名。

兩把大刀雖如同她身體的一部分，嚴格說起來也不能算是一名劍士。和泥田坊一樣——那都只是用來牽制，做為誘餌。

為了牽制敵人的行動。

可是。

「飄啊——」

盡可能回避她的刀——不，還來不及阻擋，玉藻就再度逼近。人識對上泥田坊，無法前進的那一步，此時的玉藻根本還有再前進三步的餘裕。雖然槍和劍，對方手上的武器不相同——但絕不只是因為這個原因。

而玉藻——

先不提刀法，她或許根本沒有意識到煙煙羅的動作。

她的狂熱只在於戰鬥本身——並不是對手，他是誰也一點都不重要——當然，還是存有例外。

零崎人識之於玉藻應該就是如此吧——她對直木飛緣魔也起了反應，而萩原子荻，更是以個體的形式獲得認同。

不過。

那些例外卻不包括煙煙羅。

這事實可能刺激到她的自尊心——煙煙羅更加憤怒。如煙般飄渺的她，如今已完全看不到了。

「——快……快停止那詭異的動作！妳是軟體動物嗎！」

而且，兩人毫無默契。

煙煙羅的動作如煙——玉藻的動作就是霧。

不只難以掌握——緩緩地滲透，將周遭吞噬。一回神，自己已深陷其中。

蒸發。

凝結。

變換多端的形態，別說是煙煙羅了——沒有人類能凌駕於她之上。

異常的關節構造。

非人的肌肉運作。

視慣性運動於無物。

她總是能從你看不到的方向，極其不合理地展開攻擊——試圖以武士刀引誘她出手，卻完全無法辨別她的動作。

一個肉體發育不完全的孩子，武器只用刀，更無需擔心拳腳攻擊——理當是這樣的，但為什麼她的攻擊竟如此千變萬化呢？

若是擁有與玉藻同樣的身心狀況，發動的攻擊應該也很無趣啊——不過，對她來說刀才是主體，軀殼反而只是附屬品罷了。人們常說『武器成了身體的一部分』，她可是完全超越了那個等級。

「呿——」

就像是一臺自動機械，毫不間斷從不停息，抵擋著玉藻地攻擊，煙煙羅不耐地嘖了一聲。

「——早知如此，應該乖乖交給師父的——但！身為直木三劍客的一員——怎能輕易地被打敗呢！」

「…………？」

玉藻完全無法理解她在說什麼，輕輕地（朝著奇怪的方向）歪著頭，持續揮舞著手中的刀。

這時候，煙煙羅已放棄了獲勝的念頭。

毫無抵抗的。

心裡只有一個想法——盡可能的拖延這場戰鬥，將這麻煩的少女留在這裡。

和泥田坊不同——她並死纏爛打地執著於勝利。飛緣魔雖然以相同的方式教導他們，但煙煙羅在意的是結果。她所注重的，是勝利之後的東西。

爭取時間。

使其他戰鬥順利進行。

不分勝負——等待救援。

「泥田坊希望能獲得勝利——存活下來。而我只是不想輸，不想就這樣死去。」
意思雖然是一樣的——但確實存在著差異。
「……飄啊飄——支離破碎。」
玉藻依舊毫不在乎地。
沒有任何改變，手中的刀，揮啊揮。
刀子具有自由意志——就像是填滿了她所缺少的部分。
不過，她卻以自己本身的意志——
「支離破碎、支離破碎
——」
西条玉藻並沒有陷入苦戰。
不過這場戰鬥，似乎還會持續一段時間。

◆　◆

第五發。
六發。

直至第七發——一切都還算順利。

總算是如同預期，成功的消耗了泥田坊的子彈——相信這時，對方也識破了人識的計畫。

（這也不是什麼具獨創性的戰術——）

看樣子泥田坊用同一個手法對付過不少人——又或者說，能夠堅持到現在，已經算是很幸運了。

「『雙槍攻擊』的缺點——根本不勝枚舉，所以在現實中會選擇如此方式的恐怕只有我吧！那代表性的缺點，就是換子彈的空擋——」

泥田坊說。

毫不留情，對人識的攻勢愈趨猛烈。

拳頭一直打——子彈也不停歇。

「——不過，我卻不需要換子彈，因為我有在十二發子彈內打倒敵人的自信。或許使用手槍做輔助這件事，才會有這種自信——但實際上啊，顏面刺青小弟，你知道嗎？幾乎沒有人能堅持到第十發子彈。」

「這樣啊？但是——」

承受。

承受泥田坊的攻擊，然後躲避——人識接者往右側移動，突然一蹲。

進入他的視線死角。

「——如果不會遭到彈擊，我可是能發動攻勢的啊！」
「誰說打不到啊？」
打算採取死角攻擊的人識，泥田坊卻輕易的將槍口對準他，輕易地扣下了扳機。
他並沒有瞄準。
那發子彈——只為了限制人識的行動，像是一面牆。
點既是平面。
平面也是立體。
這就是泥田坊的子彈。
勉強的閃過——但還是劃過了學生服。如果自己就這樣死在槍管下，又或是因此負傷，一定會被零崎雙識或零崎軋識給笑死。想到這裡，即使只是衣服被劃破，仍然覺得驚險萬分——
「你、你這傢伙！」
「這是第八發。還剩下四發喲，顏面刺青小弟——看你焦頭爛額、手忙腳亂地，真是辛苦啊！」
「…………」
就算平手，優劣也很明顯。
不得不承認這一切。
殘彈數雖然變少了，但只要他**按兵不動**，**不輕易開槍**，實際上就和擁有無限的子彈是一樣的。

無法放下警戒。

人識的行動依舊被侷限。

「看招！」

作勢要躲避子彈，他向後翻滾遠離開泥田坊——拉開距離，誘使他開槍。不過這顯而易見的策略，泥田坊當然不買賬。

情勢仍然十分緊張。

看不見的牆，無形的壓力依舊籠罩在人識四周——確實樹立起了圍補防線。

如果是大哥。

自殺志願——零崎雙識，在這樣的情況下，一定不會把手槍當一回事吧——人識自嘲著。

「老大就更不用說——若是曲識哥，根本不會陷入如此的狀態。」

不過，想這些也沒有用。

雙識、軋識、曲識，都不在這裡。

總不能期待出夢和玉藻的協助吧？

所以——想要打破眼前的僵局，只能靠自己。

「……咦？話說回來，為什麼會在這山中別墅裡，莫名其妙地與看起來像是槍手一般的哥哥對戰呢？我不是一個普通的國中生嗎？」

「別開玩笑了——你哪是普通的國中生啊?」
泥田坊隨意地握著槍——用手指扣住扳機,慎重卻大膽地縮短與人識間的距離——完全不讓人識有一點時間休息。
他很清楚。
也沒有打算要休息。
「根本沒有一個國中生會在臉上刺青好嗎?」
「啊?才不是勒!這刺青是來自一個非常帥氣的理由喔!不過,少在那裡多嘴——我可是下了很多苦心。」
「還真對不起了!但你那苦心,可能來不及回收就會結束。」
「哈——啊哈哈。算了,反正我也快畢業了——上高中就要改穿西裝外套。像是什麼標誌似的,有必要這麼慎重其事嗎?」
要趕快學會打領帶的方法才行。
一邊這麼說——人識很勉強地扯下學生服上衣。鈕扣在走廊上四濺,無聲的落在長毛地毯上。
學生服下是長袖T恤。
按照學校的校規,除了無袖汗衫之外,不能穿其他的衣物,但人識當然不是一個會被規則約束的人。
喀啦喀啦地,他轉動著自己的手腕和肩膀。

「這樣總算能自由活動了——應該沒錯吧！沒錯，就跟出夢所說的一樣——肩頸確實活動不易。如你所見，我從現在開始可要解除了限制喔！泥什麼坊先生！」

「怎麼會忘記『田』這個字呢？」

對於脫下學生服的人識，泥田坊不為所動的，輕鬆地帶著微笑。

「如果你認為脫了衣服就能讓實力增強——真替你感到難過！」

「我現在就要讓你感到難過！讓你痛苦地求饒！」

人識說完——往旁邊一跳。蹬著牆，又反彈到對面。然後以一個極為勉強的姿勢，朝著接近中的泥田坊——衝了過去。

「原來如此，速度確實快了些——不過，這並不是無法預料的動作——」

「這一步你也料想到了嗎？」

大聲吶喊的人識，他的右手內側。

握著一把——細柄的刀。

這是他藏在學生服的內，作為預備用的刀。從出夢手裡接到任務，為了一防萬一所設置的——平常的他並不會這麼做，所以一直忘了刀的存在。

沒想到卻派上了用場。

動作若是無法擾亂泥田坊的攻擊，也只能靠這行動了——人識將那把刀，給扔了出去。

沒刺到要害也無妨。

只要能對他身體的某一部位造成傷害就好。

不，即使沒有命中，但如同他的子彈般，將泥田坊封印在牆邊——

終於想到飛刀之計的人識——正等著泥田坊露出破綻。

「確實出人意料。」

不過。

他絲毫沒有改變語氣。

「這時候我只要開槍射擊就行了！」

砰！

砰！

左右同時——泥田坊扣下扳機。

決定了——狙擊目標。

一顆子彈打中了刀身，毫無抵抗的，它改變了路徑——一邊回旋，從他眼前彈開。

而另一顆子彈——直接貫穿人識的身體。

在T恤上開了一個大洞。

貫穿的衝擊之大，本應該朝著泥田坊的人識，一下朝反方向撞上了牆壁。

這是第一次的中槍經驗。

所以，全身痲痹的同時，根本分不清中槍的部位——該不會正中要害吧？

目前還能思考，代表那位置應該不是在頭部，人識趕緊低頭檢查自己的身體。

腹部——在流血。

腹部右側——無法確定它造成多大的傷害。那像是被狠狠揍一拳的衝擊，到現在都還殘留著。因為是第一次中槍，所以也不知道內臟的損傷有多嚴重。

不對，現在不是想這些的時候。

（可惡——）

（在那樣的情況下，不要說是動搖了，他竟一點也不吃驚——）

國中生的想法還是太淺了。

如果他能預估別人三步後的行動，那對方至少能讀出五步。只能說是完全失敗——

（不對，我還沒輸——）

還沒。

瀕死的現在，如果不能抵擋泥田坊接下來的攻擊——剛才的兩槍，使得發射總數終於上升到十發，但仍然剩下兩顆子彈！物理性無法動彈，又能如何躲過攻勢呢？

目前的狀況，別說是無形的牆壁——根本已經被看不見的牢籠給囚禁了吧？

人識露出了苦笑——不過依舊保持笑容——朝向泥田坊。

「…………？」

如果。

如果是五年後的零崎——無論腹部是否遭到槍擊或是已經粉碎，心裡一定會先浮出這個疑問。

為什麼會是腹部呢？

不是什麼陷阱，剛才的泥田坊只是很正常的瞄準了他——一心只想以險招抵抗的人識，是不可能躲過子彈的。

但是。

但是為什麼——竟然沒有瞄準他的心臟或是頭部？一招定勝負的場面，卻白白地錯過了——實在不像對輸贏如此執著的泥田坊會做的事。

難不成是失手了——這更不可能。若真是如此，他大可迅速再補一槍——那樣的情況，已經沒有保留子彈的必要。

別說是兩槍，就算花了四顆子彈才足以斃命——其實也沒有任何關係。

不過，目前的零崎人識——無法想的那麼遠。

只能漠然地望著泥田坊。

然後——卻發現……

泥田坊一個人，好像被**看不見的東西**綁住雙手。

「欸……？」

「嗚……呀呀呀呀！」

他露出了痛苦的表情。

這也難怪，他的手腕很明顯地正往不自然的方向扭去——一定會骨折吧？而且，他完全無法抗拒。

槍口已朝向天花板。

不只雙手——泥田坊的全身都被那**看不見的東西**緊緊束起。看著看著，人識竟想起了螺旋麵包。

一動也不動的。

泥田坊維持同一個姿勢。

不，他確實在些微抽搐著——就這樣掂著腳，膝蓋直挺挺的，好像被那**看不見的東西**給吊起來似的。

看不見的東西。

不是——無形的牆面。

也不是——摸不到的牢籠。

好像有一條「線」。

閃閃發著光。

從窗外撒落的星光——被那條看不見的線所反射，因而露出了輪廓。但就算現形也只是一瞬間，倏地，它又消失了。

纖細如脆弱的髮絲。

卻——那麼強韌。

令人難以置信。

竟能將泥田坊完全束縛。

「對不起——差點趕不上。」

突然，

人識身後傳來了說話的聲音。

「不過——那傷口我會幫你縫起來的，不要擔心。如果真的遲了一步，內臟損傷太過嚴重，無法挽回，我也會將你安樂死的。」

回過頭，那裡站著一位——似曾相識的女性。

穿著正裝的——操線師。

操縱細線有如自己的四肢，遠距離戰鬥或該說是室內戰鬥中，地位最高的「操線師」——市井遊馬。

人識是在雀之竹取山見過她的。當時人識以為，她是玉藻的執導人員。

而在這個時候，遊馬也尚未報上自己的名諱『病蜘蛛』，也沒有說明，自己和子荻、玉藻一樣屬於橙百合學園，更是該組織的指導人員——先不提這些。

遊馬帶著黑色手套的雙手像是在指揮什麼似的，伴隨著她的動作——泥田坊的身體就這樣被緊緊纏了起來。

這並不是什麼互動關係——她的的確確在操控著泥田坊。

只是看不到相連的那條線。

無法直視的線。

無法直視的力量。

泥田坊痛苦地發出呻吟——但那聲音也很快就停止了。那條線，勒住了他的脖子和舌頭。

緊拉著線。

「我是病蜘蛛——啊啊，你可以不用報上名來，反正你本來也不會這麼做——我並不想知道被我殺害的那些人叫什麼名字，更何況我根本不喜歡殺人。」

緊拉著線。

遊馬一邊說——扭緊了手中的線。

纏在泥田坊脖子上的那條「線」——就這樣陷了進去。

就只是如此。

單純一收一放的動作，以最低限度的力量——奪走泥田坊的性命，不掉一滴血，就從這個世界上消失。

沒有任何效果音——切斷。

安靜的。

（怎麼會有如此安靜的殺人手段。）

就只是如此——人識心想。

與直木飛緣魔一樣——擁有安靜的力量。

超乎想像的實力，無法與強大聯想在一起。

一切就在眼前發生。

「讓你久等了，人識小弟！」

遊馬用酷酷的口氣，絲毫不理會泥田坊的死，向癱在地上的人識走近。

「啊啊，你運氣不錯嘛——多少傷到了大腸的表面，損害大概就只到這種程度。大口徑手槍反而救你一命，貫穿傷口相當俐落。這麼一來也不需要動外科手術——直接縫起來囉！我會盡量幫你縫漂亮，不會留下疤痕的。」

「……真是方便的技能啊。」

病蜘蛛。

雖然與自己無關，但這場戰鬥似乎結束了。終於意識到這一切的人識嘆了好一大口氣。

不好意思完全忽視自己的對手，他用餘光瞄向，被看不見的線給吊起的，直木泥田坊的軀殼。

「那位『軍師』所說那最低限度的處置，指的就是妳嗎？」

他說。

「你們果然是一夥的——『狙擊手』與雀之竹取山，就如同哥哥的推測。」

「現在不是討論那種事的時候吧——而且，你最好想清楚再說話。現在的我可以輕易取你性命——就這樣放著你不管，用不著我動手也會因為失血過多而死吧？」

「……就算我沒有受傷，也從不覺得自己打得過你們好嗎！『操線師』，說實話，我還真小看妳了。」

「沒關係的。那些恭維的話就不用了，我不會見死不救的——更不想遭到你們一賊的報復。今天的事情就當做沒發生過吧！我可是基於信任你的情況之下拜託你的喔！」

「……真是傑作。」

面無表情的遊馬，像是自言自語般說著，人識也簡短地表示同意。為了縫合傷口方便，他將T恤拉起，露出了腹肌。

「不過妳怎麼這麼快就到了？病蜘蛛小姐。距離那通奇怪的電話，相隔不到五分鐘呢！」

人識想起自己剛才對『軍師』說過，五分鐘後會再打回去。

「我本來就負責從另一個路線追蹤西条——被告知位置後，就立刻趕了過來。不知是好是壞，但來的時機好像挺不錯的……話說回來，人識小弟，西条人呢？」

「我們各自分頭行動，也不知道對方在哪裡，而且妳如果那麼在意西条，不應該先來救我吧？要快去幫她才對啊！」

「若是對你見死不救，肯定會影響到西条的情緒——更何況我又不是為了幫助她才過來的。我的任務是要帶她回去。」

「啊？什麼啊，意思不都一樣？」

難以理解的人識，對遊馬投以驚訝的眼光——她則是緩緩地聳了肩。

「那孩子根本不需要幫助……她和你我，是不一樣的。」

◆　◆

病蜘蛛．市井遊馬，當初在接到萩原子荻的協助請求時，其實相當意外。不過，高中一年級的萩原子荻既然身為橙百合學園的總代表，對於負責傭兵養成的教職員，同樣擁有指揮調度的權力，所以那個請求本身並不會令她感到意外——她所驚訝的，是『祕密將逃出學園的西条玉藻帶回』這樣的任務內容。

軍師子荻總是要自己沉著冷靜——至少根據遊馬的觀察是這樣的。而遊馬從未想過，有一天會從她身上接到如此的請託，彷彿是在請求別人寬宏大量的放過自己的室友般。當然，會接受像這樣違反組織規定的任務，在教職員當中，也只有遊馬了——而她同樣能夠理解，子荻看中玉藻實力的那份惜才之心——不過這樣出人意料的情況還是令人感到意外。

事實上，子荻目前執行中的任務——零崎雙識口中的「小小的戰爭」——玉藻一直都是被放在最前線。不止一兩次，都以為她把玉藻當成用完就丟的士兵，更常覺得，她身為指揮官卻做出陷玉藻於不義的舉動。

但是——這或許只是誤會。在接受請託後，遊馬的看法改變了。

將玉藻派往最前線，與其說是見死不救，還不如說是子荻對她抱以信任的證明——或許應該這麼想才對。

仔細想想，子荻在同一場作戰——以戰略來說，並不會讓同一個人物持續擔任重要的角色。依照各種局面及情勢，她習慣更換全新的軍隊。這習慣是根深蒂固的，源自於她對人類嚴重的不信任，絕不讓個人的背叛行為，破壞她的策略。子荻從不重用任何一個人，並將所有人都看成能夠替代的零件來擬定計畫。

完全背道而馳——西条玉藻像是特例般，持續受到重用。當然，玉藻本身的性格就與背叛一點關係也沒有，這點她一定有納入考量——如此看來，萩原子荻確實沒有把西条玉藻當做用完就丟的棋子。

並不是要用完就丟。

而是打算——物盡其用。

正因為如此。

絕不能在這種地方失去那重要的存在——

「所以呢？我應該幫誰才好？」

遊馬在入侵三角殿堂以前，試探性地詢問子荻——然後，她用理所當然的口氣回答。

『嚴格說起來是玉藻以外的其他人——嗯……至少以最低限度幫助人識小弟吧！他們好像陷入了很大的危機——真是的，被玉藻看上，還真是可憐——』

西条玉藻，目前還在三角殿堂的屋頂，與直木煙煙羅持續戰鬥行為——在旁人看來，玉藻壓倒性的占了上風，煙煙羅似乎被逼到走投無路，但很遺憾的，事情並沒有那麼單純。

玉藻看起來像是攻擊的那一方，煙煙羅只是不停防守——實際的情況，卻是玉藻無法攻破煙煙羅堅強的守備。

退一步致力於防守，又或者說是消極的攻勢——就因為契合度實在太差，只好出此下策。但如此的下策竟產生了意想不到的效果。

「飄——啊飄、飄、飄啊——飄。」

西条玉藻的動作。

她舞刀的動作——漸漸沉重了起來。

「…………」

對此，煙煙羅表情越趨明朗——沒錯，兩人之間，大人與小孩的**體能差距顯露無遺**。

如煙，那難以散去的持續力竟成功奏效——若是好好堅持下去，說不定還能扭轉情勢。想要看到煙煙羅臉上的笑容，也只是遲早的事。

玉藻卻一點自覺也沒有。

更沒有發現自己的疲憊。

狀況分析。

她完全不具備戰況分析的能力——對於熱愛戰鬥的她來說，戰鬥只有存在的必要，無需做其他的因數分解。

「…………？」

要說起變化，有些不可思議的——在兩人視線交錯的時候，玉藻竟開始直視著煙煙羅。

不為那視線所動——煙煙羅持續樹立那絕對防禦，手中的兩把大刀就是最堅硬的盔甲——她並不打算一舉回擊！即使勝算出現，卻選擇按兵不動，等待著玉藻體力消耗殆盡的那一刻——

如果這段時間內出現救兵，那就更好了。

至少能維持自己「不敗」的記錄——！

她從一開始就排除了玉藻得到支援的可能性，這是基於她對自己的同伴——直木三劍客的信賴。在某程度上她是正確的，但她「不敗」的那份自信，卻無法持續太久。

「啊，原來如此。」

玉藻呢喃著。

「是那長長的刀子在搗亂。」

缺乏感情地——她像是照本宣科般，勉強還聽得出來是日文。

「搗亂我無法讓妳支離破碎。」

既然如此。

西条玉藻點了點頭——好像想到了什麼合理的藉口似的，接著，便毫不猶豫地採取了「那個行動」。

實際上，那真的是一項合理的行動。

封印住直木煙煙羅的二刀流——想要封印那兩把大刀的想法，任誰判斷都是極為合理的。

不過，那談何容易啊？

空手奪白刃之類的招式，若不是訓練有成的能力者很難做到，更何況目前玉藻兩手都握著刀。正如同雙槍的弱點在於子彈的補給，如果不把手中的刀給放下，她的手也無從接近煙煙羅的大刀。

況且，要玉藻「放下自己的武器」根本是不可能的。他們早已容為一體，切也切不斷，即使如此——玉藻還是想要排除那兩把刀的干擾。

所以，她只好……

「……喀嚓！」

看準雙刀的刀尖呈現水平的時機，用自己的身體，向前一撲——這就是她的方法。柔軟。

玉藻纖細而脆弱的腹部——兩把刀像是受到吸引般，刺了進去，很輕易就滑入背骨的兩側——貫穿她單薄的身體。

「欸……啊？」

如果。

如果煙煙羅就這樣，使盡全力握著刀，順著重力的方向拉下——她隨即獲得勝利。

玉藻確實用自己的身體封印了刀的動作，但那封印也容易被摧毀撕裂。

不過，決意防守的煙煙羅。

卻被玉藻那意味不明又粉身碎骨的自殘行為——嚇得啞口無言。

頓時失去了警戒。

現實中，刺穿玉藻臟腑的是她——她卻像是被揪住了要害般。

「啪嗒、啪嗒、啪嗒、啪嗒！」

彷彿痛覺遭到了阻斷。

玉藻又向僵直的煙煙羅前進一步——刀，插得更深了，她卻一副不在意的樣子。

嚴格來說。

這也是——契合度的問題。

如果具有壓倒性實力的煙煙羅會失敗，絕不是因為運氣差，或者這就是必然的結果。

以實力為基礎的戰略，對煙煙羅來說是絕對的。

這剛好、碰巧與什麼都難以預料的玉藻相反。

煙煙羅無法捨棄她心中的那些絕對。

當然不能為了玉藻這種無意義的偶然而輕易放棄。

「——緊貼。」

玉藻已前進到，皮膚能直接接觸刀鐔的位置——然後揮動兩手的刀。煙煙羅依舊無法動彈。玉藻的行動——她被玉藻異常的行動給震懾住，雙手遲遲不能放開刀柄，就連指尖也完全僵硬——就這樣靜止。

她的心靈也一樣。

若真要說，在這個當下，她的心靈已完全遭到扼殺，死去。

（如果真要保留如此的意識繼續生存——倒不如殺了我吧——）

念頭不斷膨脹。

她的願望也很快就能達成。

和玉藻的願望同時。

也就是。

「——支離破碎。」

◆　◆

『如果是這樣，玉藻一定是在屋頂上作戰。』

依照約定，在五分鐘後回了電話。遵從『軍師』所說的，零崎人識與市井遊馬朝著三角殿堂的屋頂移動。當然，他們沒有做出類似壁虎的行為，攀登外牆，而是從樓梯走上七樓，抵達屋頂。

戰鬥早已結束。

西条玉藻對上直木煙煙羅。

看不出本來的樣貌，直木煙煙羅支離破碎的屍塊——身體被兩把大刀貫穿的西条玉藻，幾乎對折地倒在地上。

血海一片。

不對。

從結果看來，根本分不出誰勝誰負——如果是打成平手，戰況也太慘烈了。

「看樣子，還是西条同學獲勝。」

遊馬說。

口氣雖然冷靜，但卻立刻走向她——接著，試圖從呈現後仰姿勢的玉藻身上，將插在腹部的刀給拔出來。

「……刺得太深了。人識小弟，可以幫我個忙嗎？」

「她還……活著嗎？」

表情十分驚恐，臉上的刺青都因而扭曲，但他還是依照吩咐走了過去，抓住刀柄。

近看才知道，玉藻已經失去意識。

是因為出血過多，還是由疼痛所造成的呢？

想必是前者吧，人識心想。

以她的膽識，不像是個會因為疼痛而昏厥的人。

「大概知道發生了什麼事——但怎麼會有人用自己的身體去封印對方的武器呢？兩

次和她對戰的時候也是一樣——這傢伙難道沒有自我保護的觀念嗎？」

「沒有啊！只要放她一個人，就會殘害自己的身體。但這也不算是理由……聽好囉？一、二……三的時候拔。與你不同，她的內臟一定有受到損害——要趕緊做出急救措施才行。」

「一、二……」

「三！」

照著說好的時機，將兩把刀同時拔出的人識——強勁的反作用力差點使他後倒，不過幸好有保持平衡。

「…………」

縫合手術已經結束了。

技術實在太過高明。

深感佩服。

「病蜘蛛啊——妳該不會是那些傢伙之中最強的吧？」

「夠了，請千萬不要用這種方式稱呼我——只有人類最強才配擁有這個稱號。」

「人類最強？」

「也可以叫他紅色制裁——嗯，這肯定會留下疤痕，但這孩子應該不會在意吧？……雖不能說是毫髮無傷，但總算能成功把她給帶走。對了，人識小弟，你接下來打算怎麼做呢？」

整理好玉藻凌亂的衣服——不過她的體操服本來就破破爛爛的——沒多看人識一眼，遊馬丟出了問題。

「什麼意思？」

人識又反問了回去。

「就是那個意思——我的工作就是要將西条玉藻帶回去，所以我打算就此下山離開。剛才所作的充其量只是急救措施，還是得盡快帶去給專業醫師檢查才行啊！」

「這樣啊，妳說得也沒錯——我應該會去找出夢那傢伙吧！他現在正在與直木三劍客之中最強的角色，直木飛緣魔對戰——」

「你為什麼要為他做那麼多呢？」

遊馬問——語氣相當輕鬆。

換個說法，就是有些壞心眼。

「聽你剛才說的，人識小弟只負責直木三劍客中，直木飛緣魔之外的兩人嗎？藉著我和玉藻的幫助，說是幫助也有些奇怪，總之，是靠我和玉藻才能擺平直木泥田坊和直木煙煙羅他們——也就是說，人識小弟的工作已經結束了。」

「………」

「你身上的傷，最好還是要精密檢查一下！既然工作都結束——就和我們一起回去吧？」

雖然我是騎摩托車來的——但經過改裝，要坐三個人也不是問題，遊馬說。

而人識則開口，

「與妳不同，我又不是為了工作——」

這麼回答。

「對呀，我都忘了。零崎一賊——從不為了工作而殺人的。」

遊馬微笑。

靜靜的微笑。

「不過人識小弟，那樣的價值觀對你來說又有什麼意義呢？」

「意義？」

「不然，我換個方式問你。」

他揹起玉藻那小小的身軀——為了不要有任何晃動，還用一條細細的線，將自己和玉藻綁在一起——然後說。

「零崎人識和匂宮出夢究竟是什麼關係？」

第六章

「我想要有如沉睡般死去。」
「卻總像是昏睡般活著？」

◆　◆

零崎人識與直木泥田坊，西条玉藻與直木煙煙羅，這兩組戰鬥不論形式為何都告了一段落——三角殿堂中的的另一場戰鬥，匂宮出夢對上直木飛緣魔也早已分出了勝負。

或者應該說——那是在三場戰鬥之中，最早結束的一場戰役。

人識和玉藻，泥田坊與煙煙羅，很明顯的，他們在實力上有相當的落差，因此根本與僵持不下的戰況無緣，很快就能辨別出高下——幾乎在接觸的瞬間就已成定局。專業人員與專業人員的戰鬥，要分出勝負大約只需要一招，這次的情況也不例外——但戰況確實不甚理想，做法也不太聰明。

力對力——力量的對決。

朝著走下樓梯的飛緣魔，出夢採取正面攻擊——沒有使用任何虛應的手段，真摯地面對勝負，而飛緣魔也毫不保留地回應了他。

「必殺技——問答無用拳！」

力量。

幾乎能夠恣意操控力的流動與方向的拳士直木飛緣魔，一旦瞭解了其性質，通常都會認為他只是一個脆弱又專門利用周遭力量的戰鬥人員——不過就如同本人所說的，事實並不然。

他是所有戰士中極為少見的類型，毫不保留自己實力——正因擁有巨大的力量，所以才深知其無窮的可能性，變換自如。
也就是說，飛緣魔迎戰的姿態——
「**毫不保留的——正面衝突。**」
高舉著拳頭，直擊心臟。
在雀之竹取山，愚神禮讚・零崎軋識曾經從師承直木飛緣魔的鐵面女僕身上捱過這一拳——當時，鐵面女僕為了使出這一招，還特意用了很多手段——正確來說，立定這些策略的，並不是她自己，而是軍師・萩原子荻——但對力量流動無所不知的飛緣魔，根本不用耍這種小伎倆。
完全迎合出夢衝上樓的時機，還利用了他帶來的衝擊——就這樣一拳往出夢的心臟砸去。
一切是那樣的平凡。
看不到一絲華麗。
如同電源耗盡般，出夢被相互抵消的力滯留在空中，停頓，而背向樓梯墜落——以一種極其危險的角度，回到了原來的位置。
不。
即使角度再危險，頭先著地，都無法令他感到疼痛了吧——飛緣魔的那拳，確確實實重擊出夢的心窩。

人類最大的要害，心臟。

一滴血未流，一根骨頭未斷。

肌肉纖維也沒有受到任何壓迫。

不過——它的威力確實滲透進了出夢小小的身軀之中。

「其實，我從沒有因為戰鬥而感到快樂——如同你現在所見，我只要一擊就分出了勝負。即使想要打發時間，也只是一瞬間而已。對我來說，這和每天早晚的例行公事沒什麼兩樣。」

一邊說，飛緣魔順著階梯往下走——步調愜意，確認著自己的腳步。由於出夢以極快的速度爆衝，樓梯踏階的邊緣到處缺了角。為此，飛緣魔一點也不在意。對他來說這只是力學上的正常現象。

「不論對手是誰，又或者是什麼職業，基本上都是一樣的——在**對手展開攻擊前先出手**。只要決定好支點，其他力學的考量，慢慢再想就行了……但這也是練就一擊必殺的我才做得到的——真是的，又忍不住解說了起來。不過，既然都被拳頭給擊中，再跟你說這些也沒用了吧？匂宮出夢。」

走下樓梯。

他已完全不把匂宮出夢放在眼中。

「好了，泥田坊和煙煙羅他們戰況如何呢——不太可能會輸吧？但身為他們的師父，好像應該到現場監督一下。」

「……『不無甲斐』。」

突然。

一個聲音，從飛緣魔的身後傳出，此時的他已經在計畫著下一個行動。

不對。

不是聲音的問題——現場除了飛緣魔之外，就只剩下匂宮出夢而已。不過他的心跳應該在剛才的攻擊下強制停止了才是啊！

飛緣魔臉上的餘裕消失——

不發一語的轉過身。

到底是怎麼一回事。

只見匂宮出夢——從仰躺的姿勢，硬生生地撐起自己的上半身——直視著飛緣魔。

傷害相當嚴重。

身體還在痙攣抽搐。

但是——

捱過那一擊必殺技，匂宮出夢竟然存活了下來。

「…………」

「『不無甲斐』一詞……你應該知道是窩囊、沒志氣的意思吧？但是——它到底想要表達什麼呢？『不』之後又出現了另一個『無』，所以結論是「有」還是「沒有」？」

咳咳！

出夢一邊咳嗽——接著說。

「老師，教教我好嗎——你不是很喜歡說教嗎？哈！」

聲音相當微弱——不過他強勢的態度，也確實表達了出來。

「……不無甲斐的『不』，本來是寫作『腑臟』的『腑』——『不』是後來轉借的字，也就是說，以無『甲斐』來解釋才是正確的。」

「這樣啊！」

「不過，出夢君——提出這疑問的你，應該不具有腑臟這種東西吧？這就是你的可能性嗎？這麼說來，窩囊的其實是我自己囉？」

應該確實擊中了他的心臟。

飛緣魔訝異地說。

對此，出夢則是發出了咻——咻——的聲音，用力吸吐，調整自己的呼吸。

「我啊！」

他說。

「本來就是一件製造失敗的瑕疵品——若是把我當成完成品看待，吃虧的可是你啊！這是人造的優勢嗎？嗯，比喻得非常好。」

「……請你解釋清楚。」

「有聽說過雙重人格吧？」

出夢緩慢地——站了起來。

雙腳還在顫抖著——其實應該再休息一陣子，動作十分吃力，而飛緣魔也不像是是個會趁人之危的人。

這和紳士與否無關。

他只是無法理解——出夢為什麼還活著。

「我將自己的人格切斷——分隔出『堅強』與『軟弱』。負責『堅強』的是我本人，而『軟弱』則是交給了我的妹妹——」

「……所以，是『那個』意思嗎？」

飛緣魔等不及地開了口。

「在我攻擊心臟的瞬間，你切斷了自己的意識，以『軟弱』——或者該說是，切換成妹妹『無力』的性格嗎？所以我才會錯判施力的位置，那一拳沒有打在心臟上——」

「與你說得有些出入——我不會做出那麼有意圖性的行為。如果真是刻意的防禦手段，相信你也一定看得出來吧？你之所以沒能取得我的性命，只是一個偶然——目前的我，反而**在人格的界線上有些迷失**。『堅強』與『軟弱』以一種令人討厭的方式交錯混合，導致自己無法發揮原本的實力。」

「…………」

飛緣魔沉默了。

出夢的說明令他難以分辨，到底什麼是真，什麼才是假——倘若有八成的正確度，目前的情勢，將對飛緣魔非常不利。

「堅強」與「軟弱」的混合。

它若無法用意志駕馭且能夠隨意變換的話——即使是飛緣魔也無法精準抓住轉換的時機。雖說是混合，事實上也可能是不定時的迅速切換，若真是如此，情況就更加棘手了。

沒有中間地帶。

他必須要同時面對，兩種極端的個體。

「……所謂因禍得福，應該就是指這種狀況吧——說實話，這真的沒有經過算計。話說，你剛才確實有提到——那一拳是必殺技還是什麼的，但還真有緣啊，我也有這種絕招——一擊必殺。不過，我用的不是拳頭，而是手掌。」

說完——出夢突然向後扭動自己的身體，好像都要扭斷似的，然後以相當勉強的姿勢——上半身的轉動超過一百八十度。

「你說過吧！只要在**對手展開攻擊前先出手**就行了——我現在可以成為你的弟子嗎？」

「…………」

「說實話，我第一次對真實的對手使出這一招——可以說是未完成的必殺技。不如，就由你來幫我打分數囉，飛緣魔先生——」

出夢平常都被拘束衣限制住雙手的活動——穿上拘束衣的目的，主要是藉由限制，使得自己更能期待鬆綁後的「遊戲」，再來，也可以隱藏自己雙手異於常人的長度。

出夢的手——以身材比例來說，實在長的可以。

看起來就像——那部分的零件，特別是由不同的材質打造而成般。

這也是他在戰鬥之中，最好的武器。

難以預料攻擊時機，基本上與飛緣魔所使用的『必殺技——問答無用拳』幾乎相同——都是**『毫不保留的，正面衝突』**的技術。

再來就是拳頭和手掌的差異。

直線與曲線的攻擊差異。

就只是這樣。

但在性質上來說，匂宮出夢和飛緣魔幾乎相反——他是華麗的強者。

以耀眼醒目的實力著稱。

無視力的流動及方向——他的手什麼都不考慮——那些繁瑣的理論完全不構成他做出判斷的元素。

這才是真正的毫不保留。

出夢在這之前——還沒為這未完成的一擊必殺技取名字。不過，既然都要在這裡公開，至少要想個名稱才行。所以，幾乎如同臨時起意般——他為自己長長的手命名。

自己並不是敵人口中食物。

而是獵食的那一方。

那名稱——像是在宣示這一切。

「——『一口吞食』！」

對此。

飛緣魔無法搶得先機——變幻莫測的節奏，果然還是難以掌握。若是硬要做出推測，肯定會失準——於是，他放棄了。

節奏。

如果他知道，出夢除了以『妹妹』稱呼自己的『軟弱』，還賦予它「理澄」這樣的記號，一定覺得很諷刺——但事實上，他也真的不知道這件事。

所以，飛緣魔只是將戰力轉向防禦。

如果無法正面迎擊，至少要能全身而退。

應該沒問題。

面對出夢看似不顧後果的掌打攻擊，飛緣魔以單手做盾呈現防禦姿態——他打算承受它，然後撐下去，又或者乾脆無視這一切，就這樣出手反擊呢？

不過，這一次他是徹徹底底的失敗，錯估了局勢。

防禦——完全派不上用場。

下一個瞬間所發生的事實——因為太過慘烈，希望盡可能用低調及婉轉的方式來描述，在這裡如果選擇用戲劇性音效作比喻的話：

『噹～啷！』

嗯，大概就這種感覺。

直木飛緣魔作為盾牌的那隻手，手肘的部分直接被扳斷，皮膚徹底地撕裂，在血液流出之前，肌肉組織就已經飛濺各處，骨頭更碎如粉塵，也就是說，只要出夢的手掌所接觸到的部分，全都像是被炸裂般，破碎殆盡，什麼都沒有留下。

即使做出如此犧牲，出夢的『一口吞食』卻絲毫沒有停歇的跡象，方向完全沒有任何偏差的，就這樣持續攻擊飛緣魔的腋下。當然，造成的傷害呈現同樣的模式，就如同發生在他手上的慘況——皮膚撕裂，在血液流出之前，肌肉四濺、骨頭碎如粉塵，爆散——

什麼都沒有留下。

「啊……」

如果說『一擊必殺・問答無用拳』是不會帶來破壞的力——沒有留滴血，也不會斷一根骨頭，而是造成內部強大衝擊的究極奧義，那『一口吞食』就是完全極端的另一種奧義——同樣毫不保留，結果卻呈現徹底相反的面向。

簡單來說。

「啊，啊。啊——」

用更容易理解的方式來說，直木飛緣魔的形體產生了極大的變化——半個胸膛，誇張地像是被掏空般，削出了一個大洞。

萬一他幸運的存活了下來，也不可能再以戰鬥人員的身分出現——不對，再怎麼樂觀地看待，或是想用婉轉的方式表達，那萬一所發生的『可能性』，連萬分之一都沒有。

轉哪，轉哪，轉的。

那衝擊絲毫不減，出夢像是陀螺似的，在原地轉動——但即使他完全沒有防備，飛緣魔也沒有辦法再發動攻擊。

對力暸若指掌的他。

對於生命——也相當有見解。

它的脆弱與不可測。

突然失去平衡身體，就這樣癱倒在地上——飛緣魔本身也不打算抗拒。

無法抵抗的——倒下。

任憑重力帶他墜落。

「真是精彩的——可能性。」

他說。

很明顯的，飛緣魔失去了一邊的肺臟，但是——他仍然堅毅的，維持一向的口氣，對出夢這麼說。

「匂宮出夢——你讓我見識到你的實力了。」

「…………」

出夢不發一語。

好不容易停止了旋轉，他依舊一臉不悅地——看著飛緣魔。

一臉不悅？

他明明已經取得了勝利啊？

不對，應該說現在的出夢相當憤怒——即使他成功打敗了飛緣魔，但這完全不是他所想要的勝利。

這與『一口吞食』無關。

它發揮了出乎預料的破壞力——是出夢所喜愛的毀滅。雖然依舊是未完成的招式，但卻已經證明它已經有可以拿出來與對手一決勝負的實力。在這之前，飛緣魔所展現的『一擊必殺・問答無用拳』，恐怕帶來了很大的影響。

問題是在那之前。

在他捱了『一擊必殺・問答無用拳』——卻沒有死亡的理由。就因為自己的『堅強』與『軟弱』交錯混合——所以才逃過一劫的理由。

這才是問題所在。

出夢完全沒有辦法忍受。

明明應該是代表『堅強』的自己。

卻因為『軟弱』而獲救——

這不可能發生啊！

對於匂宮出夢來說，這根本是奇恥大辱。

「就當做回禮吧——」

完全沒有察覺到出夢心中的變化，飛緣魔非常平淡的——就快要死了，卻還是平淡的說了下去。

「——最後再告訴你一個好消息，匂宮出夢。」

「啊啊？你很囉唆耶——」

毫不隱瞞心中的憤怒，出夢的口氣粗暴。

「——你可以不要再告訴我任何事情了嗎？」

「別這麼說嘛！聽好囉，匂宮出夢。我想你一定……不知道吧——其實直木三劍客……」

直木飛緣魔說著。

口氣依舊。

他靜靜地——說。

「有四個人。」

突然，

出夢感覺到自己的身後好像有異狀——不，他確確實實地感受到了。那才不是什麼異狀，沒錯那是——劇烈的疼痛。

經由疼痛，出夢才終於發現——自己的身後還站著一個人——

而且一直存在著。

存在，並發動了攻擊。

「他是叫做直木七人岬的可能性。我最後的弟子——請你記得。喔，先說一聲，他可是比我還要強。」

◆　◆

「亞歷山大・仲馬的『三劍客』——名稱雖叫做『三劍客』，但主角卻不是阿托斯、阿拉密斯、波爾多斯他們，而是一位出身於加斯科涅的劍客，達太安。西条同學，妳知道嗎？」

一臺改裝招搖的摩托車，行駛在玖渚山脈唯一的那條對外道路上——市井遊馬告訴了後座的西条玉藻一則小知識，不過玉藻本來就呈現沒有意識的狀態，所以也只能算是她的自言自語。

遊馬是一個常會自言自語的女人。

「所以說，直木三劍客之中，除了直木飛緣魔、直木煙煙羅以及直木泥田坊之外，或許還有另一個隱藏角色喔——但這已經與我無關了。」

說完——遊馬轉過頭去。

因為在崎嶇小路上騎車，所以就只有一瞬間的時間。

她看著越變越小的三角殿堂——以及那根本看不到的，仍在殿堂之中的殺人鬼・零崎人識。

「好不容易再度相見，卻又要告別，還真令人感傷——不過，我們一定很快又會見到對方的，病蜘蛛。對了，下次見面的時候，可要教我那方便的操線技術喔！」

人識很乾脆地向遊馬告別。

也沒有打算挽留她——自己則一副理所當然的樣子，繼續留在三角殿堂之中。

「……真是的。」

要別人教你自己的看家本領，有那麼容易嗎？

不過，曲弦線技術本來就算是傳統技藝，而遊馬也正好在找繼承者——但怎麼說都不能傳給一個殺人鬼吧？她心想。

「沒錯，若真要教——也應該是橙百合學園裡的人——與直木飛緣魔不同，我本來也不打算收什麼弟子。」

感受著身後玉藻的氣息，遊馬一個人呢喃——不，再怎麼說，教給人識都比教給玉藻來得好。

「沒想到……萩原同學竟然和零崎一賊與匂宮雜技團站在同一陣線——雖然知道她有不得了的企圖，但能實現到這種程度，的確是史上第一次呢。」

不過，這次好像看出了一些端倪，遊馬再度回頭。

「……唉……如果玉藻能記起教訓，再也不要莽撞地想要逃離學園就好了……但這孩子好像沒有受教訓這種觀念……不，根本不需要我操心，那位萩原同學是絕不會讓事情再度發生的。」

她這麼說。

然後像是在說給失去意識的玉藻聽一般。

「我知道妳很執著於人識小弟——西条同學，妳還是放棄吧！就如同我不懂他為什麼屬於零崎一賊，為什麼進入『殺之名』，又為什麼存在於這個世界——他和我們的價值觀實在差太多了。」

遊馬問到他與匂宮出夢的關係。

人識幾乎毫不猶豫地——立刻回答。

那純粹又真摯的話語——遊馬打從出生以來也只聽過幾次而已。

「我和出夢的關係？」

他這麼回答。

「是共犯啊，就像家人一樣。」

第七章

「犯人是誰？」

「與其問他是誰，還不如先問他在哪裡。」

◆　◆

「師父啊——」

率先打開話題的是煙煙羅。

對敵人毫不饒恕的她，對自己親近的人卻是相當溫和，說話的聲音總帶著一絲撒嬌的氣息。

「——師父為什麼會收我們為徒呢？」

然後，泥田坊也像是逮到機會似地。

「對對對，我也早就想問了！」

他說。

「像師父這樣實力堅強的人，根本不需要尋找什麼同伴吧——對於我和煙煙羅以及七人岬來說，當然是感激不盡。不過仔細細想，對師父來說，可是一點好處也沒有吧？」

泥田坊接著回過頭。

「沒錯吧，七人岬！」

叫了他的名字。

三個弟子之中，年紀最小的七人岬，對於師兄的呼喚……

「…………」

竟毫不表示，連表情都沒有改變。對此，泥田坊卻這麼說。
「你看，七人岬也覺得很不可思議。」
聽完了這一切——飛緣魔。
直木飛緣魔。
「其實並沒有什麼理由。」
像這樣回答。
這就是答案。
「我的人生本來就不在乎得失——隨遇而安，也不強求什麼。」
「但如果將花在我們身上的時間，拿去精進自己的能力，應該會變得更強大吧？」
「啊哈哈——這也是有可能的。不過修練對我來說太麻煩了，才會請你們代勞——」
像這樣回答。
於是——對話結束了。
飛緣魔自己也想不起來，這是什麼時候的事——

◆　◆

「呼——呼、呼、呼、呼——」
完全呈現過度換氣的狀態——但匂宮出夢仍然成功從緊急狀態中全身而退。不，在這個情況下，應該說是對手沒有追得太緊。

對手。

直木——七人岬。

直木三劍客之中的最後一人。

「……可惡，從哪裡跑出來的傢伙啊——」

沒有一絲氣息——什麼也沒有。

根本像是在那個瞬間才在這地球上出現般，唐突的存在——他從背後下手。

即使戰勝了飛緣魔，也絲毫沒有一點怠慢或鬆懈——而當時的心理狀況，還在跟憤怒對峙中。

對自己感到憤怒，其實對於出夢的備戰狀態來說，無疑是一件好事——某程度上，甚至比任何時候都還要冷靜專注。

但是。

「…………，好痛……」

就連七人岬是用什麼方式攻擊的也不知道——好像沒有流血，但背上各處都像是被千刀萬剮般疼痛不已。

「比飛緣魔更強是吧……？」

怎麼想都有些誇大其詞——也可能是在死前隨意胡謅的一句話。那種程度的作戰人員，怎麼可能沒有人知道他呢？

不過，不得不承認七人岬確實擁有相當的實力——讓人在瞬間就選擇撤退。

七人岬沒有追來。

是在守護著——瀕死的飛緣魔嗎？

還是另有原因呢？

原因不明，但依舊不是能夠感到安心的狀態——或者應該會為了這突然發生情況感到懊惱不已才是。

「……從沒聽說過，怎麼可能會有這種事——」

匂宮兄妹。

哥哥匂宮出夢負責殺戮，妹妹匂宮理澄則是擔任調查的角色——因為這次的任務，理澄早已事先調查過玖渚直與直木三劍客啊！

如果調查是完美的。

就應該發現到——那第四位三劍客的存在。

但事實卻不然。

最後竟導致如此的狀態。

「…………」

一定是因為自己的『堅強』出了問題，出夢心想——所以理澄的『軟弱』也發生了狀況。雖然藉此躲過了飛緣魔的那一拳——但從結果看來一加一減的根本沒有任何意義。

不，無論結果為何。

還是──毫無意義。

在這樣下去──匂宮兄妹的存在將失去意義。這比背上的疼痛，問題更大。

「……都是人識的錯。」

無意識的，出夢碎念著。

那語氣既不滿又憤慨。

「自從遇見了他──我就變得很奇怪。變得很奇怪啊！不應該是這樣的──我，為什麼會對這種事……」

需要**朋友**的。

不應該是我，而是理澄才對啊──

「可惡──總之，該休息一下了──傷口完全沒有恢復。」

再度回頭看了看，確認七人岬真的沒有追上來，然後就隨意打開附近的一扇門，走了進去。

沒有打開電燈。

本來就是一間藏書庫的三角殿堂，而這間房內滿是書櫃，有些難以移動──但作為藏匿的空間來說，是再適合不過了。

出夢屏住氣息，潛入房間深處。

話說回來，人識和玉藻不知道怎麼樣了──這個疑問，瞬間得到了解答。在那樣的情況之下，突然出現在出夢身後的，如果不是七人岬，而是泥田坊或是煙煙羅的話，他可能就無法躲過那計背後攻擊。也就是說，人識和玉藻真的有聽從出夢的請託——確實替他絆住了泥田坊和煙煙羅的行動。

說不定仍在持續戰鬥中。

即使如此——現在的出夢也沒有辦法做出確認。

「…………」

人識。

零崎人識怎麼會完全不知道西条玉藻來訪的原因呢——對此，出夢卻似乎能夠瞭解其原因。

一定是這樣。

理由——一定和出夢一模一樣。

但是，話雖這麼說。

「……不要想這些沒有用的——現在，要以工作優先啊——」

像是在說給自己聽。

出夢一個人滔滔不絕。

「如果因此造成工作上的失敗，可就真的沒救了——沒有一件事做得好。我，我們匂宮兄妹也肯定完蛋的——」

不對。

就算工作順利完成了——在『堅強』與『軟弱』間迷失的現在，匂宮兄妹——也正一點一點走向滅亡不是嗎？

這疑問令他感到焦慮。

出夢痛恨組織裡的成功範例，『斷片集』的那群人，但說不定他們也同樣地計畫著要解決出夢及理澄。他再度認清了這個事實。

因為。

我是個極度的失敗品。

我們就只是生產途中所產生的瑕疵——

「那副眼鏡。」

突然。

從房間深處，窗戶邊。

透進星光的，窗戶邊。

那聲音——這麼說。

「那副眼鏡——實在是一副好眼鏡。」

「…………！」

不應該有其他人存在的空間之中，突然出現的聲音，使匂宮出夢倍感威脅——他急忙伸出手，試圖拿下用來固定瀏海的眼鏡。

不過，他像是要阻止出夢的動作一般。

「怎麼啦，小姐？」

開了口。

「本來只當作玩耍的對象卻不小心喜歡上了他。如果自己能夠接受也就算了，對他的顧慮卻越來越多。本以為主導權還在自己手中，卻不知不覺地受他擺布。回過神，才發現自己對他相當的依賴，就連自己最引以為傲的個人特質也開始崩壞，自己好像就要變成另外一個人似的，這一切卻也沒有想像中那麼難以接受。到目前為止有如地獄一般的人生，竟因為這第一次的體驗變得愉悅舒適。就因為沒有感受到任何不悅，反而令自己更加憤怒，對於自己的好心情和舒適氣憤不已，說什麼都沒辦法原諒那個溫暖且感性的自己——這些，全寫在臉上喔！」

「…………！」

突然的一記直球。

突然踏進了自己心中——出夢整張臉紅了起來。

接著，看著那個人。

穿著即使在昏暗的房間內仍十分醒目的純白雙排扣西裝，一位身材瘦高的男子——領口那相當有份量的圍巾和腳上的鞋，全都是白色。手腕和手指上掛滿了純銀的首飾，設計都非常具有個性且搶眼。而且，也不知到那有什麼用意，男人的臉上，帶著一張狐狸面具——所以，完全無法解讀他的視線。

他好像倚靠在牆上。

手上拿著一本書。

在昏暗的房間內，仰賴著星光閱讀。外頭包著書皮，因此無法得知書的名稱，不過，應該就是從這些書架上取得的吧？

唰的一聲。

狐面男子——將書翻過一頁。

「你——你是誰啊！」

自然。

他很清楚自己的語氣藏不住心底的動搖——先不管該如何對應，保持冷靜，不要自亂陣腳才是目前的第一要務。

「你，你是——玖渚直嗎？還是——直木三劍客的第五個人——」

不對。

像玖渚直那樣的達官貴人，理澄當然也查過他的個人檔案——特徵與眼前的男子相去甚遠。而且直木三劍客也沒有那所謂的第五人。飛緣魔說了七人岬是他最後的弟子，完全可以確定，直木三劍客只有『四個人』。在那樣的情況之下，飛緣魔總不可能還有心思說謊吧？

那麼，他又會是誰呢？

這局外人——倒底是誰？

毫無關係、突然闖入的局外人——是誰？

「你這傢伙，是誰？」

「『你這傢伙，是誰？』哈，真是有趣的問題。」

狐面男子說。

一副很無趣的樣子。

「我，就是我啊！我就是你所見到的那個人。硬要說的話，我乃人類最惡的遊蕩人——嗯嗯？這是可以在這裡大聲嚷嚷的稱謂嗎——算了，管他的！」

咯、咯、咯的。

狐面男子——笑得詭譎。

◆　◆

直木七人岬的一時撤退——沒有持續追殺匂宮出夢的原因，根據出夢的推測，可能是要『送師父飛緣魔最後一程』。不過，那完全是過於感性的想像。

事實上，單純只是因為**飛緣魔的命令**——要他這麼做罷了。

「嗯……其實我很意外，那記突襲竟然沒能將他留下——但那孩子也很明白情勢相當危急。」

飛緣魔呢喃著。

半個胸膛被削去，半個胸膛被掏空——他像是個誤觸地雷的傷患，說話的口氣卻依舊和平常一樣。

碎念。

那是一個人的獨白——

直木七人岬——根本不在那裡。

「………」

飛緣魔並沒有要他去追殺出夢，相反的，飛緣魔馬上命令他到目前的僱主，玖渚機關的直系血族，玖渚直的身邊，一步也不得離開。

泥田坊和煙煙羅的狀況如何，飛緣魔無從得知——不過，身為師父的他都像這樣敗北，也不難想像他們所遭遇到的狀況，「因為是我教出來的愛徒，所以一定沒問題的！」他同樣失去了能夠大放厥詞的資格。

因此，飛緣魔必須要讓七人岬趕緊回到玖渚直的所在位置。

而他也遵守了那最後的命令。

「……不過，在這個時候，他如果能無視我的命令，展現執意去追殺出夢的魄力——七人岬就是完美的。」

這就是直木七人岬令飛緣魔感到頭疼的地方，雖說每個人的個性不同——實力上甚至略勝飛緣魔一籌，但就是缺乏了自主性，做什麼都需要別人指示。剛才也是一樣，如果他能早一點出手——就算救不了飛緣魔的命，至少也能阻止出夢的逃亡。明明只需要一招就足夠了！

「沒能好好培育那孩子直到他獨當一面，確實令人遺憾啊——但人生不就是這樣嗎——」

保護玖渚直的任務，七人岬一定能夠勝任的——如此一來，飛緣魔，身為直木三劍客之首的他，身為專業戰士的他，也了無牽掛的光榮赴死。

無怨無悔，帶著驕傲。

直木飛緣魔能夠死得像是個戰士——

「喔，喔！」

就在這個時候。

有一個人影，慌慌張張地跑過飛緣魔的身邊——突然緊急剎車，停下了腳步。

是那位顏面刺青少年——零崎人識。

發生了什麼事，在山路上相見的時候，身上明明穿著學生服，現在怎麼只剩下一件T恤——

「…………」

不妙啊！飛緣魔心想。

那是出夢撤退的方向——他好像試圖保護側腹部的位置，但看起來並不是什麼足以致命的傷勢。

這時候，如果讓出夢與人識會合，可就糟糕了——不，七人岬一定能夠輕鬆對付負傷的兩人，不過仍然要排除任何阻礙勝利的可能因素。

必須要攔住他。

飛緣魔很快做出了決定。

「……那個。」

沒想到，不費吹灰之力的，竟然是人識主動向他說話。站在原地，低頭看著飛緣魔。

「是出夢下的手嗎？那傢伙，也太強了吧——如此的人體破壞，人類真的有辦法造成這種傷害嗎？就算是寸鐵殺人那傢伙令人不愉快的炸彈，在局部爆破上也沒有這麼大的威力啊……？」

「——你說得沒錯。」

飛緣魔說。

施力恰如其分。

聲音聽起來，就是很正常。

「你的可能性真是不得了——既然你都出現在這裡了，那目前的戰況又是如何呢？你可以告訴我嗎？」

「啊啊，你的弟子泥田坊，那個雙槍客死了——不要太激動喔！這遊戲本來就是這樣啊。」

「當然，我很瞭解。」

飛緣魔點了點頭。

人識出現在這裡的同時——他就知道了，不用猜便明白發生了什麼事。然而，這麼一來——

「那剛才跟你們在一起的那位可愛的小女孩呢？」

「嗯？啊，你說她啊——她跟二刀流煙煙羅大戰了一場……算是平手嗎？還是互相殘殺呢？不過，確實還是贏了……總之，那傢伙殺了你的弟子，她也出局了！嗯……既然出夢也把你傷得這麼重，直木三劍客應該可以算是全滅了吧？」

「…………」

聽完人識說的話。

泥田坊與煙煙羅的死訊，以及他和出夢所擁有的相同誤解，飛緣魔全都接收到了。

然後說。

「看來你是為了幫助匂宮出夢才會在宅子裡四處搜索——真是白費力氣了。戰鬥已經結束。一切等到他殺了玖渚直之後，你們就完成了任務。」

「……嗯。」

人識也點了頭。

他到底是信，還是不信？

不對，根本不需要懷疑——七人岬一直都是直木三劍客的隱藏人物，也就是祕密武器。幾乎沒有人知道他的存在——

「這樣啊——所以這麻煩的局面終於告一段落了嗎？真是幸運！」

果然，人識雖然沉默思考的一會兒，但還是接受了飛緣魔的說法。

「也就是說……嗯，先從你開始好了。」

「既然還活著……我也搞不太清楚，就直接問你本人吧！那個傷，有救嗎？」

「……沒有耶，死路一條。」

面對人識相當失禮的提問，飛緣魔這麼回答。

「我已經有所覺悟了——我是這世界的一份子，本來也不避諱死亡。兩個弟子——他們也都死了，我也不想獨自苟活。」

「嗯嗯。一個一個都不在乎生命啊——你不知道嗎？生命的價值，可是比整顆地球都來得重喔！」

人識所說的話是真心的嗎？隨便說說的可能性比較大吧！

「不過，你如果想留下遺言，我可以順便聽一下啦。」

「沒有。該說的話都說完了……我反倒有問題想請教你。」

「嗯？你問啊。」

人識雖然輕易地答應，但飛緣魔卻另有意圖——本來就沒有什麼問題，他主要是想拖延時間，盡可能將人識留在現場罷了。

泥田坊的死纏爛打。

煙煙羅的難以捉摸。

死之將至，卻因此從他們身上得到了東西——而那些年輕的生命是這樣告訴我的。

對於他們兩人的死。

我，能拿什麼回報呢？

「可以先告訴我你的名字嗎？仔細一想，除了出夢之外，都還沒請教你們的大名。」

「嗯？我叫零崎人識。」

很乾脆的。

人識報上了自己的名號。

『殺之名』排行第三，他的姓氏，即代表他屬於這世界上最引人避諱的殺人鬼集團——就這樣輕易地報上了自己的名號。

「另一個人——啊啊，她的名字可以公開嗎？她在戰鬥的時候好像都會隱瞞身分——嗯，不然就叫她隱姓埋名小姐好了！」

人識特地隱瞞了玉藻的身分，不過，飛緣魔卻完全沒能聽進去。

零崎人識——零崎一賊。

（原來如此。）

（如果是這樣——）

與他對戰的泥田坊沒有贏得勝利，絕對是正確的——**如果真的在戰鬥中不小心贏過那位顏面刺青少年**——恐怕就必須品嘗到地獄的滋味了。

沒錯，令人畏懼的地獄。

第二十人地獄——

「……自殺志願。」

「嗯？」

「身為零崎一賊的你——對他的名字肯定不陌生吧？自殺志願，零崎雙識——那可怕的魔鬼。」

「……我所認識的自殺志願，它是一個可怕的變態耶——」

「變態嗎？確實如此。像他那樣的存在，只能說是生態系中的變種——」

兩人對他的理解有些落差，人識刻意不去修正，而飛緣魔則是繼續說了下去。

「——我曾經與他對戰過，在『大戰爭』的時候。」

「欸？是喔，哈——那個變態在我不知道的地方很活躍嘛。不過，一定是你比較強吧？」

「實力或許是我略占上風，但我們的動機並不相同，總之——我輸了。運氣很好，保住了小命。」

真的是相當幸運啊——

完全不願回想當時的情景。

那時的直木飛緣魔還沒有開始收弟子，當然也沒有直木三劍客這個名稱，就連零崎雙識都還沒有被人稱做自殺志願。

「動機？什麼啊，我不懂啦——還是你不知道呢？零崎一賊殺人從沒有理由的啊。既然沒有理由，就別提什麼動機了。沒有任何一個團體比零崎一賊更不在乎動機的。」

「沒有的，是殺人的理由吧？」

飛緣魔剎那間忘了自己是為了什麼要和人識對話——一切是為了拖延時間，將他困在這裡不是嗎？

既然如此——

有必要談論這麼深入的話題嗎？

「我所說的，是戰鬥的理由。」

「…………」

「對戰鬥本身的動機。我從未見過比自殺志願，動機更頑強的戰鬥人員——」

飛緣魔。

最終還是喚起了有關「大戰爭」的那些，不堪回首的回憶——然後說。

「——他是為了家族在戰鬥。」

他是這麼說的。

「他的動機，就是整個家族——而且，一定不只自殺志願一人，這就是你們零崎一賊所貫徹的感情意識嗎？看著那一切——我輸了。」

輸了。

從此以後——飛緣魔他。

一直以來都孤軍奮戰的戰鬥人員飛緣魔——就此收起了弟子。

不只泥田坊、煙煙羅和七人岬。

那段時間還有鐵面女僕——招募的弟子為數眾多，他毫不隱瞞地將自己的所知和經驗全都教給了他們，而且沒有分別，全都一視同仁。

飛緣魔自己本身也感到很不可思議，竟然就這樣成了別人的師父。

在他們的世界裡，確實是一個例外。

他從未想過理由，不過——現在他終於明瞭了。

那一定是因為。

「——我，一定是很羨慕他。」

「……羨慕？」

人識不能理解地歪著頭。

但也沒有多做其他無意義的提問。

就這樣，靜靜聽著飛緣魔的話。

「沒錯……這是我第一次對別人產生欽羨之心。我因此開始想要擁有——自己的家人。就算不是家人……朋友、夥伴，只要有這樣的對象就好。」

原來是這樣啊，飛緣魔心想。

所以我才會這樣教導泥田坊、煙煙羅還有七人岬——不只求勝，最重要的，是存活下去的方法。

我並不是想要他們變得更強。

而是希望他們能好好地活著。

「是喔——原來是這樣。」
飛緣魔越說則是越明白。
在死前——發現了這個事實。
終於瞭解了。
與其驚訝，那感覺必較接近『啊，是這樣啊！』的感覺——豁然開朗的心情。自殺志願——如果沒有想起零崎雙識，到死可能都無法理解自己心底深處的情感吧——也就是說。
如果沒有詢問這顏面刺青少年的名字。
如果沒有想要絆住他。
「……事實上，零崎人識小弟——直木三劍客，總共有四個人喔！」
「啊？」
他的反應，就和先前的出夢一樣——這絕對不可以公開的祕密。
飛緣魔突然就說了出口。
「直木七人岬——有比我強的可能性。匂宮出夢，現在恐怕正受到那可能性的追捕——」
人識沒有聽到最後。
話都還沒說完，他就已經衝了出去——一下子就在走廊上轉彎，從飛緣魔的視線中消失。

判斷速度之快，令人震驚。

又或者應該說是——動機。

「……我到底在做什麼啊——」

竟然向敵人洩漏了祕密。

竟然做出了讓七人岬勝率下降的行為。

為什麼會做出這種事呢——飛緣魔到最後一刻仍然沒能意會過來。

他已經沒有時間去思考，去找出答案了。

時間。

意識。

全都逐漸消逝。

但他仍然。

將最後的力氣。

用盡全身的力氣——留下最後的獨白。

「一點好處也沒有？」

他說。

不對，或許他只是在思考。

「別說傻話了——你們對我來說，可值千金啊！」

這是在最後。

必需要說的話。

「對不起啊，泥田坊——煙煙羅。我沒能保護好你們——對不起啊，七人岬——我沒辦法繼續守護你——繼續命令你。」

沒有一絲羞愧。

無怨無悔，帶著驕傲。

原本，戰士直木飛緣魔應該是要像這樣了無牽掛的光榮殉戰。現在，這一切卻離他好遠。

眼前的他，既羞愧。

心裡也滿是懊悔，更別提什麼驕傲。

戰士的美名，他擔待不起。

就如同他所擁有的力量，是那樣的樸實，那樣的平凡，但卻像是一個的疼愛孩子的家長般——死去。

不論具有多少的才能，從結果來看，也只是匆忙的渡過此生。他並沒有辦法名留千古，而他的技術和影響最終也會失傳殆盡。直木飛緣魔，就這樣中途離開了——如果硬要用幸福的口吻來描述他的人生。

那也只是一種偽善吧！

◆　◆

「——唉。」

一副很無聊的樣子。

狐面男子嘆了口氣。

就像是自己的人生已經經歷了這個世界上所有的不合理和一切的黑暗面般——他一邊嘆氣，竟開始撫摸著出夢的身體。

出夢的臉頰。

脖子以及鎖骨。

他的手甚至毫無顧慮的伸進了皮夾克的內側，在他微微隆起的胸部、骨感的肋骨和腰間來回撫摸。

另一隻手當然也沒閒著，理所當然地揉著出夢的頭——在髮絲、臉頰及脣峰上游走。

以懇切慎重的手勢——像是在玩賞藝術品般。

風格一點也不粗暴。

但還是帶有些桀驁不馴。

肆無忌憚地摸遍了動彈不得的匂宮出夢。

摩擦。

玩弄。

「——好痛！」

正當狐面男子的手通過腋下，觸摸到了背骨時，終於——出夢反射性扭動了身體。身體終於可以稍微扭動了。

那是受到七人岬攻擊的部位。

完全不在意出夢輕微的抵抗，狐面男子繼續摸了下去，這次，他的手已經到達了出夢小巧的臀部和大腿——然後。

「原來如此。」

他說。

「沒錯吧——你就是匂宮雜技團所派來的刺客！」

「…………」

為什麼不能動呢？

為什麼無法抗距呢？

自己的身體，被當成別人的所有物般來回撫摸——卻沒有立刻湧起想要殺了那個傢伙的衝動。

出夢想不明白。

這既不是什麼幻術，也不是催眠術或是任何束縛身體及心靈的招式——但是，為什麼抵抗不了呢？

這簡直就是。

這簡直就像是。

（這簡直就像是為了與狐面男子相遇，才會來到這間別墅的嘛——）

「還真是辛苦了啊，小姐。」

他說。

似乎已經品嘗完了出夢美麗細嫩的皮膚，狐面男子收起手，走回窗邊——將剛才架在窗櫺上的書，再度拿了起來，繼續他的閱讀。

「……我才不是什麼小姐！」

下定決心——出夢低聲地說。

不管對方是什麼傢伙。

絕不容許被隨意對待——忍無可忍。

鼓起了勇氣，他說。

「我是匂宮出夢——我是男生！」

「『我是匂宮出夢——我是男生！』呵。」

出夢鼓起勇氣說出口的那句話，竟被狐面男子毫不在意的忽視，然後面無表情得說。

「看起來不像啊。不好意思，我沒有撫摸男人身體的嗜好。」

「請把我當作雙重人格——這樣最容易理解。我負責『堅強』，而另一個人格則是負責『軟弱』，我妹妹理澄。」

「是喔，還真是嚇到我了。」

看起來一點也不驚訝，狐面男子點著頭。

翻書的手絲毫沒有停下來的意思。

「你這傢伙——為什麼會知道我是匂宮雜技團的人？即使不屬於直木三劍客，你也是玖渚直的保鏢嗎？是新來的嗎——」

對於理澄的調查一直都沒有什麼意見，但事已至此，也只能說，那份調查書完全靠不住。不對，他剛剛說『辛苦他了！』，從這句話看來，該不會——

「或許正好相反喔，出夢。」

桀驁不馴的。

狐面男子，理所當然地直呼出夢的名諱。

「正好相反——我不是玖渚直的保鏢，我可是你的僱主呢。」

「……啊？」

「委託匂宮雜技團去殺害玖渚直的人，就是我啊！」

這句話在意義上，根本像是罪犯的自白。

不對，凶手就是他啊！

但他說話的口氣也太過輕率了吧？

「當然，要假借他人之手——那被世界排除在外的命運，使得我無法直接接觸。」

「……你在說什麼啊？」
出夢陷入混亂——他真的無法理解狐面男子到底在說什麼。字詞都聽得明白，大腦卻像是在抗拒般，不願意接受。
「開玩笑要適可而止——我不是個有耐性的人。什麼，你就是委託人？」
「喔，你這樣說話不對吧？這是對委託人該有的態度嗎——算了，只是個孩子，就原諒你吧！」
「…………」
原諒？
對匂宮出夢？
憑什麼啊？
「……說什麼要別人殺了玖渚機關的直系血親，你的理由是什麼啊？跟玖渚直有仇嗎？」
「不。」
沒有？
狐面男子——將書給闔上。
他並不是被中途打斷。
只是以理所當然步調讀完了它。
「沒有什麼仇啊——不過，這本書。」

「啊？」

「是兩世紀前的詩人的詩集。關於世界末日所寫下的詩——但不知為何，作者是無名氏，現在已經買不到了，卻也不具有收藏在圖書管裡的價值——全日本，恐怕只有這裡，玖渚機關的別墅裡才有收藏。」

「……然後呢？」

「嗯，這就是理由啊——我一直想要讀這本書。而在這別墅裡的玖渚直和直木三劍客又礙手礙腳的——所以才會提出委托。」

還真是容易理解的直言三段論啊！

實在太過簡單。

令人覺得噁心。

只為了這個理由……就只是因為這樣？

殺害玖渚機關的直系血親——就是這個理由？

而提出了——足以掀起世界的四分之一，如此不合理的委託？

只為了一本詩集？

不對，即使玖渚直不是玖渚機關的人，那也還是一條命啊！就因為那樣的理由，竟然把一個生命當做障礙物般看待？

那是何其怪異的——動機。

這樣的想法，別提匂宮雜技團了——就連零崎一賊都難以恭維。

那是何其惡之惡啊！

直木飛緣魔賭上性命的戰鬥——好像突然，失去了價值般。

怎麼會這樣。

不只是直木飛緣魔——

就連我也得不到回報。

這也難怪理澄的調查中，沒有狐面男子這號人物——就為了如此不像樣的理由而提出委托的人，根本就不可能存在於這世界上。

「我不知道他是受了怎樣的懲罰，但不出幾年，玖渚直應該又會被玖渚機關給叫回去，再等一下，這地方就會再度成為一個空殼——不過，我就是等不及啊！」

嘴巴上，似乎吐露出了反省或是自制的想法，但他的態度卻不是這樣，毫不在意的，和所說的話呈現出極端的對比。

「出夢啊，就因為你和直木三劍客英勇的戰鬥，爭取到了很多時間，我才能輕鬆潛入別墅中——讀完這本我夢寐以求的詩集喔！」

「你竟敢玩弄——匂宮雜技團。」

這完完全全——就是一種羞辱。

也就是說，他從一開始就知道匂宮雜技團不可能達成殺害玖渚直的任務，不過卻足以使直木三劍客他們陷入混亂，他也能藉著這段空檔進入建築物內，讀完這本有關世界末日的詩集——這就是他的計畫。

「才不是玩弄呢！只是結果都無所謂罷了——任務成功與否對我來說都是一樣的。」

「………」

「如果讓你生氣了就跟你道歉——對不起囉！」

毫無誠意地道歉，甚至，像是在與出夢挑釁一般。

看氣氛就知道了。

狐面男子，沒有任何實力。

華麗的強度不說，就連無法從外窺探的，那樸實無華的力量也沒有。

這個男人。

甚至缺乏了最重要的要素。

武家的精神。

他看起來連運動都不是很在行。

但又是為什麼——他竟然可以大剌剌地赤腳踏入出夢的領域之中？

因為缺乏恐懼？

因為缺乏戰慄？

什麼——都沒有嗎？

「咯、咯、咯！」

狐面男子再度無趣地笑著。

「不過，還是應該要愛惜生命——既然我的目的已經達到了，那個委託就此解除，你已經沒有殺害玖渚直的必要了。」

「…………」

就這樣。

出夢惡狠狠咬著牙——握緊拳頭。

不對——是攤開掌心。

一擊必殺的手掌——

『一口吞食』也才剛使用沒有多久。

「你以為這樣就結束了嗎——讓我，和我的夥伴陷入那樣的危機之中——惹出這麼大的麻煩，有可能如此輕易帶過嗎！」

「所以就跟你說過對不起了嘛——說了對不起，偶而也讓警察放一天假啊！」

「別開玩笑了！」

一邊發出怒吼，出夢向他撲過去——不過，雙腳卻像是背叛了自己的意志般，緊貼在地上無法動彈。

本應該被出夢嚇到全身僵硬的狐面男子，反而可以自由自在地活動自己的身體，再度朝著出夢的方向前進。

以緩慢的腳步。

逼近出夢。

「不要那麼凶嘛——出夢。我可是非常感謝你耶！對了，雖然不算是謝禮，但為了表達我的感謝，就讓教你一個對策吧！可以解決你目前的煩惱喔。」

「——對策？」

「你不是有人際關係上的煩惱嗎？」

狐面男子說。

「和別人的羈絆令人安心——卻會讓自己的堅強瓦解，不是嗎？」

「…………」

從來沒講過這件事。

出夢只字未提——也沒有任何打算。出夢並沒有瘋狂到可能跟這樣奇怪的男子談論自己的人生。

不過。

那狐面男子卻瘋狂的。

踏入出夢的——心中。

貼近他的臉龐，在耳邊——喃喃細語。

「本來就不應該交什麼交朋友。」

狐面男子。

很堅定地——說出這樣的話。

「樹立敵人，才是你該做的事。」

「…………」

「你不需要家人。同伴，不用！情人——更不可能。匂宮出夢——你需要的，只有敵人！」

體溫一口氣掉了下來。

不用看鏡子，也知道自己的臉色有多差。

好像有很多東西——突然消失了。

卻一點辦法也沒有。

出夢——無力地任憑那句話擺布。

「如果有令你在意的對手——就請破壞他最重視的東西，破壞他所深信不移的日常世界，將自己的存在感，一刀一刀地刻畫進他的靈魂之中。那是比友情或是愛情更深刻的情感，讓他打從心底的憎恨你這個人——這麼做，才會衍生出真正的羈絆。」

「…………」

「說實話，像你這樣的暴力者，怎麼可能交得到朋友？對方其實很討厭你吧——卻裝出一副感情很好的樣子，實際上根本就瞧不起你，把你當做笨蛋！你這傢伙——實在太軟弱了。」

「…………」

照理說出夢應該會氣得咬牙切齒——但不知不覺的，他竟開始發起抖。

你到底懂什麼啊？

明明就對我一無所知。

明明就不知道人識是怎樣的一個人！

出夢。

卻無法提出這樣的反駁。

「好了，你知道自己該怎麼做了吧——」

像是被洗腦般。

那句話，深深沉入了意識的最底層。狐面男子繼續說。

「——如果說堅強是你的象徵，你就應該要變得更堅強。」

「變得——更堅強。」

「不需要朋友。」

「不需要——朋友。」

「要盡可能地樹立敵人。」

「樹立——」

敵人。

看到出夢點著頭——狐面男子從他的耳際離開，然後，就這樣將手上的詩集放回書架上。

那裡本來就是它的位置吧！詩集很剛好的——與缺口吻合。

就像他將那些觀念植入出夢的意識裡一樣。

「……你、你這傢伙。」

看著狐面男子的背影——他似乎打算不發一語直接離去。出夢想要說些什麼，但一開口，講出來的話卻又變成：

「那本書，你不帶走嗎？」

極無意義的問題。

「『那本書，你不帶走嗎？』出夢，別說傻話了——這麼做不就成了小偷嗎？」

毫不回頭，那狐面男子說。

「那麼匂宮出夢——『有』緣再見吧！」

從沒改變他的步調——走出了房間。

「…………」

即使狐面男子已經離去，出夢仍沒有鬆懈——望著他消失了方向，遲遲無法回神。眼睛都沒有眨一下，就這樣盯著那關上的門——遲遲無法回神。

他只能這麼做。

在我身上到底發生了什麼事？

不停反問自己。

到目前為止，曾經遇到很多強勁的對手，能力都在自己之上——直木飛緣魔絕對是其中一人，還有那該死的「斷片集」，現在的出夢也不得不承認。

但是。

不論對手是誰——他從來沒有經歷過如此的恐懼。而那份恐懼，卻像是怎樣都無法脫離般，縈繞著他。

唯一確定的——

他再也沒有辦法回到過去。

那個與狐面男子相遇之前的出夢。

再也回不來了——

「——出夢！」

視野中的那道門，粗暴地被推開——狐面男子並沒有回來，時機就像是刻意錯開般，零崎人識衝進了房間。

不知為何，他脫下學生服，穿著一件T恤。

可能以相當的速度趕來這裡，氣喘吁吁的他，彷彿是在用上下擺動的肩膀呼吸著。

視線在室內中來回探索，人識終於找到了出夢——好像鬆了一口氣，他的表情逐漸和緩下來。

「……人識。」

「終於找到你了——到底跑到哪裡去了啊你！真是的。欸？直木七人岬那傢伙在哪？」

出夢無法回答人識的問題——關於那剛才還在這裡的狐面男子，他覺得應該要讓人識知道，不過卻開不了口。

光是開口就令他感到恐懼。

那個男人——真的是人間最惡。
發現出夢無視自己的問題，人識驚訝地歪著頭，快步向他走近。
「怎麼了？發生什麼事？……你果然受傷了啊——」
「……沒事。」
確實有受傷。
不過，背上的傷口並沒有急切治療的必要。
問題是在——
「……？嗯，沒事就好。啊，你可能已經知道了，我和西条已經打敗了泥田坊與煙羅。飛緣魔也被你打倒了對吧！然後，就剩下一個叫做七人岬的傢伙……」
「……不用了。」
出夢說。
口氣相當無力。
「客戶已經取消了這次的委託——不需要殺害玖渚直了，也不用與七人岬對戰，所以——我們回去吧！」
「？」
人識對於出夢異常的態度感到很困惑——脖子歪斜的角度更大了。
那是一定的啊，如果是平常的出夢——人識所認識的那個出夢，在這樣的情況之下，就算任務真的取消了，他一定還是不會放過玖渚直和直木七人岬，喊著要將他們一舉殲滅才是。

「這樣真的好嗎——任務若沒完成，你不是會受到處分嗎？」

「那個委託已經不存在了，所以沒有處分。而且，直木飛緣魔也被我給擊敗——不會有任何問題的。」

「是，是這樣嗎……？」

「真是抱歉啊，人識！要你大老遠的跑來這種深山裡，結果卻虎頭蛇尾，草草結束。不會再有下次了啦——以後，我會一個人解決的。」

出夢有氣無力的發言。

人識終於止不住心底的焦急。

「喂——出夢。你一定發生了什麼事對吧？」

「……什麼都沒有啊。只是，有點累了。」

「累了？」

「嗯嗯——好像被什麼怪東西給附身了。」

是狐狸，出夢小小聲的呢喃。

「嗯？你剛才說什麼？我沒聽清楚——」

「人識啊！」

出夢強硬地想要帶過這一切。

於是，問了他一個問題。

「你，喜歡我嗎？」
「啊啊？」
人識他——
終於恢復正常了啊！和平常一樣的口氣，出夢一如往常的輕浮態度。
所以，他也用平常的方式回答。
「你在說什麼啊，真是肉麻——我當然最討厭你了啊。」
這樣啊。
出夢輕輕地點了頭。

◆ ◆

三角殿堂的一間地下密室中——
玖渚直他。
「喔！」
獨自碎念著。
「高貴如我，這條高貴的命——看來這次還是如以往一般逢凶化吉。雖然我一點也不在意。」
接著，他的眼神飄向一旁——窺探站著的那個人。

直木七人岬。

由玖渚直親自指定的保鏢，直木三劍客中倖存的——最後一人。

「不過，你的夥伴們似乎全都遭遇不測，還請你節哀順便。」

七人岬他。

「…………」

像這樣。

依舊不發一語。

雖然他什麼也沒說，但並不代表沒有任何感受——就如同飛緣魔的顧慮，七人岬完全缺乏自主性。沒有飛緣魔的許可，他不知道自己能否回答玖渚直的問題——

他不明白。

就連這件事，他都不知道該怎麼做。

「……唉，這是為了工作。」

接受了沒人回應的狀態，他繼續一個人的呢喃。

「高貴如我，無法忽視那高貴的責任感，這也是事實——怎麼樣？接下來必須要由你來守護我這條高貴的生命。不只遭到軟禁的這段時間，即使在高貴的我回到了玖渚機關後——依舊留在我高貴的身邊工作。在我看來，這是個不錯的提案。飛緣魔先生——一定也希望我這麼做吧！」

七人岬沒有回答。

但他卻——靜靜的。

「…………」

點了點頭。

在玖渚直的身旁，一步也不要離開。

這是飛緣魔所下達的最後一個命令。

「嗯——那麼，七人岬先生，你不會是玖渚機關的人，我就先將你列於那被放逐的柒之名下吧！從今以後，你的名字將不會出現在這世界上的任何一本名簿之中——如果這世界上真的有登場人物的列表，你的名字也絕對會被排除在外。若是你願意遵守那高貴的我所定下的高貴約定，你的所有要求都一定能得到滿足——唯獨名聲，這是你這輩子再也無法擁有的東西，請你記住。」

玖渚直殺害未遂事件，就這樣——在玖渚機關的直系血親，玖渚直和直木三劍客最後的生還者——在不久的將來，或許還能與人類最強匹敵，那直木飛緣魔的最後弟子——直木七人岬的私下交易中結束。

那之後的五年內，玖渚直以二十多歲的年紀，就當上了玖渚機關的最高負責人，而直木七人岬在他的升遷之路背後所作的貢獻，可想而知。

就因為人類罪惡的遊人・狐面男子那任性的委託，他的生命雖受到了威脅，但從結局看來，他非但化險為夷，更從中得到了莫大的利益——他，就是玖渚直。

不過，那也是之後的事，總之，今天的玖渚直只說了一句。

「唔咿♪」

臉上帶著溫柔的微笑。

最終章

「結局」

◆　◆

側腹部所受到的槍傷，在市井由馬的治療之下（嚴格說起來算是粗暴的處置）所幸沒有什麼大礙。傷口不但沒有化膿，甚至還看不太到疤痕。就這樣，從玖渚山脈下來不過三天，零崎人識就以汀目俊希的身分，穿上學生服，回到原本所就讀的中學上課。

為了以防萬一，在修養的這段期間，人識特別與哥哥——自殺志願·零崎雙識聯絡。平常都是雙識先和人識聯繫，人識從不會主動透露自己的行蹤，而哥哥驚訝地反應，也令他感到新鮮有趣，但這都不是重點。

人識想問的，是有關直木飛緣魔的事情。

絕不想讓別人知道自己中槍的事，人識對於和直木三劍客對戰的部分，盡可能輕描淡寫帶過——雖然還是失敗了，總之，他向哥哥問到了擁有安靜力量的那個男人。

「『駕鶴西歸』，不是有這種說法嗎？」

雙識一開口就這麼說道。

「這只是對於『死亡』的一種委婉說法，不過這句話，零崎一賊是用不到的——我們是以殺人鬼的方式活著，本來就已經是鬼了啊！」

「不是吧——這些根本不重要啊！」

對於這無關緊要的話題，人識有些不耐。

這傢伙會不會根本不認識直木飛緣魔啊？果然是認錯人了吧？他還在思考，雙識卻繼續說了下去。

「而他的情況則是，明明活著，卻背負妖怪的名諱。」

雙識這麼說。

「直木飛緣魔——我記得啊！一位既為妖怪，而且還是『魔』之等級的拳士……反觀他的個性，卻太過溫吞有禮了吧！所以，我才打贏了他。」

「……愚神禮讚的老大，有一次不是被一個戴鐵面具的女僕揍了一拳然後打輸了嗎？他就是那個人的師父。」

「嗯？是喔——原來是這麼一回事。不過，身為妖怪的他，在成『魔』之前，卻先求『緣』，想必他也是為了這個原因而戰鬥的吧——是一場苦戰呢！如果是現在，我可能贏不了吧？」

「那是因為你拿了一個莫名其妙的大剪刀當做武器，才減低自己的實力吧！」

「可能喔——和他交手，是在被稱為『自殺志願』之前的事啊。」

「夠了啦，快把那個東西給我！」

「什麼嘛，還說它是個莫名其妙的大剪刀，我看是你自己想要吧？」

雙識哈哈地笑了起來。

然後說。

「如果他——直木飛緣魔再度輸了戰鬥，應該也是因為那個理由——求『緣』的他卻也因『緣』而敗北。也就是說……」
「也就是說？」
「他是個幸福的男人。」
人識——回想起他們之間的對話，然後交替對照。
直木飛緣魔。
當然沒能在一旁看守他——不過，在那之後也沒有回去確認。受了那麼重的傷，應該是活不成了吧！
駕鶴西歸，乘雲而去。
應該沒錯——對此，他也沒什麼感覺。
也不應該有什麼感覺。
但是。
「還是有件事讓我耿耿於懷啦——但出夢那傢伙最後依舊沒跟我說。」
有一種被玩弄的感覺。
不對，被出夢耍得團團轉是很正常的，但這次完全不一樣——果然，不應該對玖渚機關動手的。人識就連玖渚直被軟禁在那裡的原因都還不知道，任務就結束了，也就是——被當成局外人的意思。
算了，別再想了！
一邊犯著嘀咕——人識走進了校門。

『咻！』

突然，有東西從背脊竄出。

那是什麼東西——正確來說，那種感覺，汀目俊希是無法判別的，只有零崎人識才做得到。

那就是所謂的——殺氣。

他感覺到了殺氣。

「…………？」

才覺得奇怪，人識已走進校舍裡——一步，兩步，越是往前，令人討厭的感覺就越強烈。樓梯、走廊都是平常會經過的地方——越接近教室——腳步就越沉重。

而那竟然是。

他再熟悉不過的殺氣。

不對——或許正好相反。

仔細想想——**那傢伙從來沒有認真的對他散發過殺意啊！**

之前所感受到的一切，就如同字面上的意義，不過就是『遊戲』——抵達教室，一打開門。

室內——一片血海。

人肉之海。

身為汀目俊希，坐在一起三年，一起讀書學習的那些同學們——全都遭到虐殺。

虐殺。

虐殺。

遭到虐殺。

而在教室正中央。

只有一個人，沒有倒在血海之中。那個人盤腿坐在桌子上——她穿著學校規定的水手服，那件水手服已沾滿了血跡，還有肉屑。

從那件水手服的袖口，伸出的雙手，比例長得驚人。

而那雙比例驚人的手中——有一顆人頭。

那是班長。

榛名春香的頭。

「呦——人識！」

穿著水手服的女子——不用說也知道。

不用看也知道，就是匂宮出夢。

「……出夢。」

「喀哈哈哈——第一次。」

出夢笑著。

瘋狂的眼睛——瘋狂的表情。

看著人識，愉快地笑。

「我——第一次，不是為了工作，也不是為了玩耍而殺人喔！」

「……你在做什麼。」

無法理解眼前的狀況——人識只是不停地問。

他走進教室。

手往後關上了門。

「為什麼——要做這種事？」

同學們的身體，和那時飛緣魔的情形一樣，散落各處——像是被地雷給炸碎般。

人識並沒有完全的融入班級之中——確實是個邊緣人。話雖如此——

話雖這麼說。

「哈啊——普通人真是有夠脆弱的耶，我只不過輕輕碰了一下就變成這副德性——不過你看啊，他們臉上的表情——很幸福吧！」

撫摸著手中榛名春香的臉頰——

出夢說。

面對這一切，人識還是不斷重複。

「回答我！你為什麼要這麼做！」

持續怒吼著。

「為什麼要這麼做？你還不懂嗎？咯哈哈哈——你不懂啊，零崎人識。咯哈！咯哈！不懂嗎？咯哈哈哈——」

對此——出夢也只是不停笑著。

然後，

「真的不懂嗎？」

像這樣。

突然，語氣變得憤怒——將手中的班長，榛名春香的頭顱摔在地上。沒有任何戰鬥實力的普通人，想當然耳，她的頭顱有如西瓜般碎裂。

四濺的血液與腦漿，染得教室更為鮮紅。

「我可是個殺手——匂宮出夢啊！你最好感到害怕吧，最好怕得全身發抖！少瞧不起我——不准小看我！我——我可是我自己！不是什麼其他人！我才不需要朋友勒——別會錯意了！**誰准你接受我的！**拒絕我的感情啊！就是因為你做不到，所以才會發生這種事！看走眼了啦——你最好看清楚，我本來就是會因為虐殺而感到快樂的人啊！」

「…………」

面對發了瘋似的出夢——人識什麼也沒說。

呼吸都快要停止了。

「不對任何人諂媚，不對任何人低頭，單憑自己的絕技活著！管他有沒有關係，管他有沒有抵抗，管他有沒有交涉，看我貪婪的全都吞進肚子裡——我是『食人魔』出夢！」

哈哈哈啊——出夢笑得更狂妄了。

好像一旦停止這麼做——他的精神就會徹底崩壞般。

「你這傢伙不也一樣嗎——人識？你不是個只會殺人的殺人鬼嗎——為什麼還要裝作普通人的樣子，裝什麼認真，上什麼學啊？明明不是雙重人格，過什麼雙重生活啊——**太奸詐了吧！**為什麼只有你可以這麼做！**太奸詐了！**」

出夢絲毫不打算抑制自己的憤怒——將腳邊的一張桌子給踢飛。被踢飛的桌子就這樣砸到了地上的同學。

同學一動也不動的。

死了。

就如同班上的其他人。

「『為什麼要這麼做？』當然是因為你讓我很火大啊——我要破壞你最重要的東西！就只是這樣！你有想過，我和理澄是用怎樣的心情活著的嗎！？我啊，我、我、我、我、我、我、我、我啊！我必須要很堅強啊！要比任何人！任何人都來得堅強才行！這樣的我——怎麼可以變得軟弱呢！」

說出來的話——早已支離破碎。人識已經無法理解出夢說的話了，即使如此——他仍知道一件事情。

就只有這件事。

零崎人識與匂宮出夢。

直到今天，這半年來所建立的，殺人鬼與殺手的關係——那羈絆，就在此刻，完全的決裂了。

共犯。

就像家人一樣。

面對市井遊馬的問題，人識是這樣回答的。

就連零崎一賊之中，人識也只有把雙識當作自己的家人。他說出那樣的話，確實有些奇怪——不過，那絕對不是謊言。

也不是一時的逢場作戲。

被耍得團團轉。

整天跟在他身邊繞啊繞的。

完全就是個大麻煩，令人困擾不已的討厭鬼。

即使如此——他從沒想過要逃避。

但是，那樣的情誼——斷了。

不，不是斷了。

而是被切斷了。

單方面的——拒絕。

然後。

伴隨著被切斷的關係——又衍生出了新的羈絆。

新的關係建立了起來。

人識完全不知道，事情為什麼會變成這樣。但事到如今，他也沒有心情多問了，也不懂出夢究竟在說些什麼。

不過。

「匂宮出夢──夠了。」

人識說。

安靜的──卻十分激動。

「怎樣都無所謂──不要再說了！」

「啊？」

「出夢。我總是能深刻地體會別人的心情……這一直都是我的煩惱。不過啊，你目前的心情，卻完全無法感染我。而這也是我出生以來──第一次感到憤怒。所以，我要把你……」

唰的一聲。

人識往前踏了一步。

從學生服的袖口──拿出刀子。

「殺死、肢解、排列、對齊、示眾、刻爛、火炒、切絲、壓扁、拉扯、刺穿、挖掘、剝皮、切斷、萬剮、串聯、破壞、扭曲、勒斃、反折、摔打、沉水、捆綁、侵犯、吃掉、蹂躪──」

「…………」

「我要將我做得到的——全都用在你身上！」

「喀哈——」

人識說完——出夢露出了開心的表情。

刀子的尖端就朝著他。

他卻打從心底——露出了開心的表情。

「全部即表示——你也會愛我囉！」

「當然。」

聽完這個回答，匂宮出夢他。

面向人識——伸出他長度驚人的雙手。

像是要擁抱似的，一股腦地撲了過去。

而人識也如同在回應他般——用盡全身的力量大喊。

「我愛你啊笨蛋！」

「這是我的臺詞吧，傻瓜！」

兩人一直以來深埋心底的情感一次爆發——本應該會用其他的方式表達的那些想法，那些意念，全都的吐露了出來。不過，雖然如此卻沒有一點後悔。

用他們的熱情，就只是熱情，那真摯的熱情、純粹的熱情、一心一意的熱情、痴狂的熱情、殘酷的熱情、滾燙的熱情、無以阻擋的熱情——

互相殘殺。

◆　◆

結果。

發生這樣的事，零崎人識還是從那所國中畢業了，不過，卻無法進入預定的高中就讀。人識本身是希望能夠繼續念書，但這並不是自殺志願就能處理且平息的事件。

於是，人識身為一般人的記號，汀目俊希就此消失，取而代之的，是流浪的殺人鬼——零崎人識。

最初是敵人。

途中發生了很多。

像是朋友。

像是情人。

一瞬間，更有成為家人的錯覺。

但在最後——又回到了敵人。

如果有人問起他與匂宮出夢的關係，人識一定會這樣回答吧！又或者，他會用一副很不耐煩的口氣，曖昧模糊帶過。

事實上，在那之後的數年間，他們不止一次的，不停地，不停地戰鬥，無法停歇

的互相殘殺，本來也只能用敵人來形容他們之間的關係——不過，

那關係既堅強且無法改變。

那樣的羈絆，會持續到永遠。

他們在萩原子荻所企畫，對於零崎一賊發動的『小小的戰爭』後訣別，從此再也沒見過對方——即使如此，那樣的羈絆，即是永遠。

匂宮出夢。

殺戮奇術集團匂宮雜技團的團員NO・18，匂宮雜技團第十三期實驗的功罪之仔『食人魔』出夢。

雖是殺手，但不為工作，不為玩樂，單純為了自己的愛情而殺人——這是最初，也是最後。

（匂宮出夢——敵對關係）

（關係持續中）

後記——

『只要相信夢想就會成真』如果只是漂亮的場面話，在現今這種社會，『努力根本就是白費力氣，夢想絕對無法實現』也幾乎同樣只是漂亮話。世間上有輕而易舉實現夢想的人，也有唯有努力才能有回報的人，總合這些實例斬釘截鐵說『夢想無法實現是理所當然的』，這樣是把事情想得太簡單，令人覺得只不過是想方便行事的說法而已。如果『夢想絕對無法實現』是基本規則的話，便有可以合法放棄努力的醍醐味，作為漂亮的場面話，作為客套話，或許會否認夢想的實想與目標的達成。實際的問題會因人數多寡狀況各有不同，該在哪個時間上能稱得上夢想達成呢？結果還是曖昧模糊的。假設有名少年夢想是成為棒球選手，進入專業球隊就是夢想實現了嗎？還是說，沒有成為第四棒打者，或沒有獲得高年薪便不算實現？又或者其實，能夠一直和意氣相投的朋友在星期天打草地棒球，那樣便覺得夠幸福的話，那也可以稱得上夢想實現——因此，言簡意賅翻譯開頭的兩句話是否就是『夢想實現與否會因人而異，你是哪一種？』呢？有句類似這句話的名言：『努力不一定成功，但成功的人一定很努力。』這句常常聽到的都市傳說似乎挺認同的，而且不知不覺遵循這句名言來生活，不不，等一下啦，的確也有人不怎麼努力就輕而易舉獲得成功，依狀況其實每個人多少都有這種幸運的經驗吧。我還是想把真正想說的全說出來，在實質意義上『雖然有不努力就成功的人，但你不是這種幸運兒，就算會白費力氣也要努力。』以上是本人的愚見。然而，將這樣的想法說出來的這一刻，就算是漂亮的場面話吧。

話說回來，本書是人間系列的最終作，也做為關係四部曲前言的一冊。重新回頭讀過後，發現似乎也算得上是本系列的第三集《零崎曲識的人間人間》的分枝，各位認為呢？過去我也寫了數量頗多的夥伴搭檔，但零崎人識與匂宮出夢的搭檔是最令我印象深刻的，他們的感情好到即使是現在也想再寫寫他們兩人的故事。匂宮出夢是『雖然個性不拘小節，卻不會對人敞開心扉，』像這樣的零崎人識，難得會推心置腹的對象？《零崎人識的人間關係　與匂宮出夢的關係》就是這樣的感覺。

替封面畫新圖的也是之前人間系列的插畫師竹老師。簡直美得不可方物……《與無桐伊織的關係》《與零崎雙識的關係》《與戲言玩家的關係》等等的插圖，獻上萬分感謝。

西尾維新

浮文字

零崎人識的人間關係　與匂宮出夢的關係

（原名：零崎人識の人間関係　匂宮出夢との関係）

作者／西尾維新　插畫／take　譯者／王炘玨
執行長／陳君平　榮譽發行人／黃鎮隆
協理／洪琇菁　國際版權／黃令歡
執行編輯／呂尚燁　美術編輯／李政儀
企劃宣傳／楊玉如、洪國瑋、施語宸
發行／英屬蓋曼群島商家庭傳媒股份有限公司城邦分公司　尖端出版
台北市中山區民生東路二段一四一號十樓
電話：（〇二）二五〇〇—七六〇〇（代表號）
傳真：（〇二）二五〇〇—一九七九
中部以北經銷／楨彥有限公司
（含宜花東）電話：（〇二）八九一九—三三六九
傳真：（〇二）八九一四—五五二四
雲嘉經銷／智豐圖書股份有限公司　嘉義公司
電話：（〇五）二三三—三八五二
傳真：（〇五）二三三—三八六三
南部經銷／智豐圖書股份有限公司　高雄公司
電話：（〇七）三七三—〇〇七九
傳真：（〇七）三七三—〇〇八七
一代匯集／香港九龍旺角塘尾道六十四號龍駒企業大廈十樓B&D室
電話：（八五二）二七八三—八一〇二
傳真：（八五二）二七八二—一五二九
馬新經銷／城邦（馬新）出版集團　Cite(M)Sdn.Bhd.
E-mail：Cite@cite.com.my
法律顧問／王子文律師　元禾法律事務所
北市羅斯福路三段三十七號十五樓
二〇二二年八月二版一刷

■中文版■

郵購注意事項：
1. 填妥劃撥單資料：帳號：50003021戶名：英屬蓋曼群島商家庭傳媒(股)公司城邦分公司。2. 通信欄內註明訂購書名與冊數。3. 劃撥金額低於500元，請加附掛號郵資50元。如劃撥日起 10～14日，仍未收到書時，請洽劃撥組。劃撥專線TEL：(03) 312-4212 ・ FAX：(03) 322-4621。E-mail：marketing@spp.com.tw

國家圖書館出版品預行編目資料

零崎人識的人間關係 與匂宮出夢的關係 / 西尾維新 著
; 王炘玨譯 . --二版. --臺北市：尖端出版, 2022.08
面 ; 公分. --(書盒子)
譯自:零崎人識の人間関係 匂宮出夢との関係
ISBN 978-626-338-029-5(平裝)

861.57　　111007683